COLLECTION FOLIO

Christophe Boltanski

Les vies de Jacob

Gallimard

Christophe Boltanski est l'auteur de trois romans traduits dans une dizaine de langues dont *La cache*, prix Femina 2015. Journaliste à *Libération*, puis à *L'Obs*, et enfin rédacteur en chef de la revue *XXI*, il a remporté en 2010 le prix Bayeux-Calvados des correspondants de guerre. On lui doit plusieurs essais et notamment *Minerais de sang* (Grasset, 2012).

À Emma

Être la même chose de toutes les façons possibles en même temps. Réaliser en soi toute l'humanité de tous les moments, dans un seul moment diffus, profus, total et lointain. Je me suis multiplié pour mieux sentir, et pour mieux sentir, j'ai eu besoin de tout sentir.

Fernando PESSOA,
Livre(s) de l'inquiétude

Tu marches vers le rideau et regardes forcément en dessous afin de t'assurer qu'il n'y a personne. Le tissu plissé, lourd et épais doit te rappeler les draperies d'un théâtre. Son lever et sa chute ne marquent-ils pas ton entrée en scène ? Tu l'écartes du bout des doigts et disparais derrière, comme par magie. Au passage, ta tête effleure sa surface rêche, pleine de poussière, moirée de gris noirâtre. Tu le refermes d'un geste brusque, de la même manière que tu claques une porte. Tu préfères te produire à huis clos et tu étais certainement pressé de sortir de la cohue. En tirant sur la tringle, tu traces un pointillé, une frontière tremblante entre toi et les autres. C'est ta façon de faire un pas de côté, de te singulariser. Et aussi de trouver ta case.

Tu quittes ton métro blafard et tout ce qui rime avec, des mots en *o* synonymes de routine et d'ennui. Une simple tenture flottant à mi-hauteur suffit à t'isoler du monde. Te voici reclus au milieu de la foule. Tes semblables n'ont plus de visage. Ils sont réduits à des pas, à un va-et-vient de chaussures sur le bitume. Tu aimes sans doute cette sensation d'entre-deux, d'être à la fois dedans et dehors, de te dissimuler derrière un voile, tout en étant exposé à la vue de tous.

Adossée à un mur carrelé, la cabine photomaton trône à l'angle d'un couloir, entre le guichet et les escaliers mécaniques. Surmontée d'une enseigne lumineuse, on ne voit qu'elle et personne ne la remarque. Son emplacement importe peu. Elle pourrait être n'importe où. Dans une salle des pas perdus, une agence postale, un grand magasin. Ta cachette affectionne l'ombre, les courants d'air, les allées couvertes, les lieux à la fois peuplés et anonymes, là où les gens se croisent sans se regarder. À force, elle fait partie du mobilier urbain, au même titre que les kiosques à journaux ou les colonnes Morris. Tu es heureux de retrouver partout où tu vas la même forme parallélépipédique, le même sol en acier strié, le même siège rotatif en fonte, le même décor aseptisé de bloc opératoire.

Tu vides tes poches et vérifies que tu as de la monnaie. Tu prélèves quatre pièces d'un franc, car nous sommes au début des années 1970. Dans cette période de bouleversements, tu dois aimer les choses carrées. Les machines bien huilées. Les opérations strictement minutées.

La lumière crue des projecteurs fait cligner tes paupières. Tu n'es déjà plus le même. Ton écrin en métal te procure un semblant d'assise. Pareil à un bouddha posé sur son socle, indifférent au tumulte sourd des passants et aux bruits d'essieux venus des profondeurs, tu ne prêtes pas davantage attention aux tremblements sous tes pieds qui accompagnent le passage des rames. Là où tu es, rien ni personne ne peut t'atteindre. Immobile, presque hiératique, tu essaies de te concentrer, comme un sportif avant une rencontre importante. Tu as rendez-vous avec toi-même.

Malgré l'étroitesse, la saleté, les relents de sueur, les graffiti obscènes, tu te sens chez toi dans ce cube ouvert à tout le monde. Tu éprouves chaque fois que tu y retournes une forme d'ivresse. Tu respires comme un seigneur en train de croître. C'est ta machine à te dupliquer. Tu arrives seul et tu repars en quatre exemplaires. Tu te soustrais pour mieux t'additionner.

Le tabouret est-il trop bas ? Tu le relèves, avec le plat de la main, tout en scrutant un point invisible, quelque part à l'horizon. Tu entreprends maintenant de retirer ton manteau, un exercice délicat quand on n'a même pas la place de tendre les bras. À l'issue d'une suite d'acrobaties plutôt disgracieuses, tu peux enfin t'asseoir et redonner un semblant d'ordre à ta personne.

Tu inspectes ta silhouette dans le carré de verre fixé en face de toi et découvres une rangée de dents immaculées. Un clavier d'un ivoire étincelant, sans dièse ni bémol. Zygomatiques étirés au maximum, maxillaires serrés, bouche ouverte jusqu'aux oreilles. Tous tes muscles contribuent à façonner ce sourire de marbre, impassible, d'une rigidité quasi sépulcrale.

Sous l'effet de la contraction de tes commissures, les deux buissons suspendus au-dessus de tes orbites n'en forment plus qu'un. Tu parais tendu, surtout, plus sérieux que d'habitude. Tu poses de trois quarts, la tête légèrement penchée. Ton apparence est soignée. Tu portes une chemise claire à col anglais, parfaitement repassée, qui tranche avec ta peau mate, une veste de coupe classique, d'une couleur grise ou brune, et une cravate club assortie. Impossible d'être plus précis. La photo qui témoigne de ton passage est en noir et blanc.

Tu as discipliné ta grosse tignasse. Rien ne fourche ni ne tournicote. Tes cheveux sont plus touffus au sommet du crâne ; plaqués en arrière, taillés sur les tempes, ils te donnent un air de premier de la classe. Tu dois sortir de chez le coiffeur. Ta peau est glabre, du moins rasée du matin ou de la veille au soir. Une aréole, comme la trace d'une estafilade, obombre ta lèvre inférieure. La torsion de tes traits révèle une mâchoire légèrement prognathe. Avec ta grande bouche, tes pommettes saillantes, ton front haut, ton menton pointu, ton visage expressif, un peu clownesque, tu présentes une vague ressemblance avec l'acteur Roberto Benigni. Tu as vingt-quatre ou vingt-cinq ans.

Tu as ôté tes grandes lunettes ovales à la monture épaisse. Conformément à l'usage, tu gardes le visage dégagé, la peau nue, le regard ouvert. Tu t'exposes sans défense, le plus dépouillé possible, comme si la vérité de ton être en dépendait, alors que c'est tout le contraire qui se produit. L'apprêt nous humanise, le dénuement nous nivelle.

Tu entames probablement la première étape d'une longue procédure menant à la délivrance d'un document quelconque. Cela expliquerait ton attitude un peu guindée. Ta boîte à peine plus grande qu'un cercueil remplit une mission de service public. Elle aide à cartographier les gens, à les mettre en fiche, à les plastifier, les tamponner et les enfermer dans une enveloppe. C'est un peu comme si tu entrais dans l'antichambre d'une mairie ou d'une préfecture. Face à ton guichet automatique, à coup sûr, tu es impressionné et te comportes avec la plus grande prudence, comme chaque fois que tu affrontes un monstre froid.

Alors, tu bombes le torse, retiens ta respiration, tends tes muscles orbiculaires afin de garder les pupilles bien ouvertes quand l'éclair jaillira. À tâtons, tu glisses les pièces de monnaie dans la fente cerclée de métal. Ton corps tout entier s'immobilise. L'appareil produit quatre bruits sourds, semblables au claquement d'une bulle d'air à la surface de l'eau ou d'un pistolet muni d'un silencieux dans un film de Michel Audiard. Un rayon aveuglant sort de ses entrailles et irradie ton visage. Et puis, plus rien. Plus une lueur, plus un son. Encore ébloui, tu perds de ta prestance et t'affaisses, tels ces vieux comiques frappés d'une forme de catalepsie dès que leurs numéros éculés prennent fin. Sortant de ta torpeur, tu te dépêches de remettre ton manteau. Une dernière injonction t'invite à lever le camp au plus vite : « Vous êtes priés de ne pas rester dans la cabine. Quelqu'un d'autre attend peut-être pour s'en servir », peut-on lire, tout en bas du panneau, en guise d'épilogue.

Personne ne vient briguer ta place. L'appareil n'attire jamais grand monde. Tu te demandes parfois si tu n'es pas son unique client. Les gens autour de toi ne cherchent qu'à remonter à l'air libre ou à effectuer le chemin inverse, ce qui crée un embouteillage à l'endroit précis où tu te tiens. Tu te retrouves ballotté entre deux flots d'usagers de forces et de densités inégales. Les premiers ressortent par paquets, au rythme des trains, tandis que les seconds affluent en plus petit nombre, mais à jet continu. Tu t'impatientes. Le regard rivé sur ta montre, tu comptes les minutes. Impossible de partir sans ta gueule en celluloïd. Tu ne vas pas la laisser là, collée contre la paroi, à titre de spécimen, ou traînant par terre comme un vieux ticket. Tu tends l'oreille et imagines ton avatar prisonnier d'un immense mécanisme d'horlogerie, emporté par des roues dentées, des bielles et des courroies, décrivant des huit entre deux cylindres, comme Charlie Chaplin dans *Les Temps modernes.* Tu guettes un déclic, un bruit de ressort, qui annoncerait ta délivrance. Et soudain, tu te vois émerger de la machine, tête la première, frissonner comme une feuille, sous l'effet de la soufflerie, et tomber délicatement dans la corbeille.

Lorsque je parcourus les premières pages, je ne vis qu'une figure de gaieté. Les coins d'une bouche légèrement relevés et, entre les deux, un étalage d'émail. Le sourire flottait, semblable à un râtelier, à un clapet amovible, doté d'une existence propre. Il marquait de son cachet ovale la première photo et revenait inlassablement, à la manière d'un motif sur un tissu. Il n'adhérait pas vraiment au reste du corps. Il s'apparentait plutôt à une parure, un collier, une espèce d'alacrité en sautoir, quelque chose que l'on peut mettre et retirer. On pouvait presque le découper selon les pointillés et l'attacher derrière les oreilles avec des élastiques, comme protection.

Omniprésent, il rayonnait au centre du cadre et drainait l'attention sans toutefois faire événement. D'une pesanteur de pierre, il ne disait rien. Il restait muet. Ce n'était pas une béance, ni un hiatus, mais un sourire plein, un sourire fermé qui ne renvoyait qu'un éclat de diamant.

On y cherchait en vain une trace d'ironie, une légèreté, une jubilation, l'expression d'un sentiment particulier, un soupçon d'équivoque. Un sourire parle. Un sourire, c'est éphémère, ça ne dure qu'un instant. Celui-là semblait avoir été taillé dans un bloc de résine. Il devait être l'œuvre d'un orthodontiste. Solidité et brillance garanties dix ans.

Était-il de circonstance ? Associée généralement à des réjouissances collectives, une caméra appelle l'hilarité des muscles. Le sourire se faisait, ici, plus machinal, comme l'appareil qui l'avait enregistré. Le lieu n'invitait pas au relâchement. Il poussait plutôt au garde-à-vous. Comment rester naturel face à un robot ? Peut-on être vif et alerte dans un caisson de métal ? Cette mimique, sortie d'une boîte de conserve, manquait de fraîcheur et, fatalement, virait à la grimace, au tic nerveux.

En dépit de son conditionnement, ce demi-masque de comédie m'intrigua. Il constituait le point fixe d'un tableau vivant. Sa charnière autour de laquelle tous les autres éléments gravitaient : la posture du visage, l'implantation des cheveux, les vêtements, les gestes de la main. Autant de micas qui se recomposaient à l'infini, comme un kaléidoscope pivotant sur son axe. À tel point que je crus au début avoir affaire non pas à un mais plusieurs individus, chacun réductible à quelques attributs remarquables, et tous affublés du même rictus figé.

L'effet d'optique ne résistait pas à un examen plus attentif. Derrière ce sourire inaugural, il n'y avait qu'une seule personne. Un inconnu résumé à son buste en hermès, un homme-tronc et manchot enfermé dans un petit rectangle de carton bordé d'un contour blanc. Des tirages de dimensions standard : 3,5 centimètres de large, 4,5 centimètres de haut, le format prévu pour un passeport ou un permis de conduire. Quoi de plus banal ? La photo d'identité figure parmi les choses les mieux partagées du monde. Reliquats administratifs, miroirs d'une jeunesse perdue, on en possède tous quelques exemplaires démonétisés enfouis au fond d'un tiroir.

Pris séparément, ces portraits conformes ou déclarés tels ne présentent à dire vrai qu'un intérêt modéré. À quelques exceptions près, ils n'appellent pas de commentaire particulier. C'est inévitable. Un photomaton ne fait pas de miracle. Règles de prises de vue simplifiées à l'extrême, usage du flash qui écrase les blancs et gomme les reliefs, afin d'obtenir une image uniforme, cadrage et distance imposés. Tous ces visages successifs étaient installés dans la même forme monotone.

Ce qui me frappait, c'était leur nombre. Ils composaient une masse compacte, une multitude homogène, issue par scissiparité d'une même matrice. Ils défilaient derrière un film de cellophane, en colonnes par quatre ou cinq, droits, impassibles, telle une armée de clones. Entassés les uns contre les autres, alignés en rangs serrés sur des feuilles cartonnées jaunies par le temps, ils remplissaient un cahier entier.

Avec sa reliure en similicuir marbrée de vert, poisseuse au toucher, sillonnée de ridules noirâtres, l'album ressemblait à un vieux grimoire. Lourd, volumineux, plein de poussière, il exhalait des relents de bas-fond. On s'attendait à y dénicher des signes cabalistiques, des rites occultes. On tombait sur des centaines de selfies. Précisément, sur trois cent soixante-sept clichés en noir et blanc et deux en couleurs, tous ou presque réalisés dans une cabine automatique de photographie, comme l'attestaient le cadre unique, la focale fixe, la lumière venue de face et l'éternel rideau en arrière-plan.

Rien à voir avec un ensemble disparate, accumulé au fil des ans, avec des souvenirs glanés ici et là, réunis dans un même volume, parce qu'il faut bien les classer quelque part. L'objet que je voyais pour la première fois ne relevait pas du hasard, de la nostalgie, de la rareté, de l'instant soigneusement sauvegardé, mais de la production en série, d'une forme d'usinage. Il participait d'une entreprise méthodique, quasi obsessionnelle, presque sans limites.

« Le type est ouf, tu ne trouves pas ? » me lança la productrice de cinéma au moment où je redressais la tête. En toute chose, elle manifestait un égal enthousiasme. « Quand j'ai vu ça, c'était l'hallu totale. » Par habitude, elle m'avait tutoyé d'emblée. Les mêmes réflexes professionnels l'amenaient à abuser de superlatifs et à manger la moitié des mots. Je venais de perdre mon emploi quand elle m'avait invité à déjeuner dans une cantine vietnamienne située en face du bureau de sa société baptisée *Les Copains d'abord.* Cela faisait longtemps qu'elle souhaitait faire quelque chose de cet album trouvé aux puces quatre ans plus tôt. Elle voulait me le confier pour que j'en tire la matière d'un synopsis. Elle hésitait entre le documentaire et la fiction, entre, disait-elle, un « rail réaliste » et un autre « plus loufoque », « plus déjanté ». À l'entendre, tout paraissait ouvert. Je pouvais laisser libre cours à mon imagination. « Et si le film ne se fait pas, tu pourras toujours en faire un livre », ajouta-t-elle pour me convaincre.

Elle se disait fascinée par ce jeune homme affligé d'une curieuse manie, celle d'accumuler des images à son effigie, toujours différentes, en proie à de perpétuelles mutations, à des métamorphoses infinies, qui semblaient explorer toutes les possibilités de son être. Il était un et multiple. Il faisait collection de lui-même et d'autrui. « C'est quelqu'un et tout le monde à la fois », remarqua fort à propos la productrice.

Il ne se contentait pas de vous regarder de face avec son sourire carnassier. À la longue, il paraissait se lasser de son « *cheese* » sur commande. Une crampe des muscles bucco-faciaux, peut-être ? Entre deux murs de blancheur, il montrait son profil découpé à la serpette, le droit le plus souvent, écartait les babines et contemplait le plafond ou peut-être un au-delà céleste. Aspiré par une lumière surnaturelle, son visage était soudain en extase. Il lui arrivait aussi de poser de trois quarts, les yeux encore une fois levés, touchés non plus par la grâce mais par un optimisme résolu, tourné vers un avenir radieux, une aube nouvelle, tel un candidat sur une affiche électorale.

À la moitié du recueil, il semblait progressivement gagné par la mélancolie et arborait un masque triste à la Buster Keaton. Sur plusieurs planches, il se montrait lymphatique et nuageux. Plongé dans ses pensées, il paraissait indifférent à la présence de l'objectif, fermait les paupières, courbait l'échine. Clic ! Il simulait une gueule de bois, paupières mi-closes, lèvres pendantes. Clic ! Appuyait sur sa tête comme si elle allait exploser. Clic ! Affectait l'ennui en étouffant un bâillement. Clic ! Fumait une cigarette qu'il tenait en évidence, entre le majeur et l'index. Clic ! Puis retrouvait son entrain et riait aux éclats. Clic ! Ou émettait un ricanement plus grinçant, plus sardonique. Clic !

De nouveau, il faisait le pitre. Il jouait. Au jeune premier, au mauvais garçon, à l'employé modèle, à l'agent secret, lunettes noires et costume gris. Il endossait des rôles. Tantôt Elvis, coiffure gominée, chemise ouverte au col pelle à tarte, rictus charmeur, tantôt Raspoutine, les deux globes exorbités, la chevelure en bataille. Un prophète sorti de l'asile.

C'était à chaque fois une saynète différente. Quelqu'un avait-il crié, de l'autre côté du rideau ? Il tendait l'oreille et dessinait un cornet avec sa main, avec l'exagération d'un Pierrot sur le qui-vive. Plus loin, il décochait une œillade de crooner, dans le style du studio Harcourt, le menton appuyé sur l'index, le pouce dressé le long de la joue, montre d'aviateur au poignet, mèche rebelle, col de chemise largement ouvert au-dessus de la veste à carreaux. Il exécutait une pantomime. Il nous parlait en silence. Quand il ouvrait la gueule jusqu'à se décrocher la mâchoire, on l'entendait presque pousser un ah ! comme chez le médecin. Page après page, il enchaînait ses numéros, avec son air tour à tour satisfait, entendu, étonné, farceur, narquois, vaguement strabique, grave ou alors habité, presque fou, limite inquiétant.

Il semblait parfois promouvoir une boutique de postiches en tous genres : barbe courte de hipster, toison fournie de vieux loup de mer, bouc méphistophélique, rouflaquettes à la rockabilly, moustache en brosse ou pyramidale… Il changeait de système pileux presque aussi souvent que de tenues vestimentaires. Confondant son photomaton avec un salon d'essayage, il alternait le complet-veston et des tenues plus décontractées, un blouson clair en cuir souple, une canadienne au revers en peau de mouton, un ciré de marin, des pulls en tergal à col roulé, pareils à ceux qui habillaient les Compagnons de la chanson. À force, il devait avoir épuisé l'ensemble de sa garde-robe. À intervalles réguliers, je le voyais réapparaître avec les mêmes vêtements, au rythme, je suppose, de ses lessives, de ses obligations professionnelles ou tout simplement de ses préférences. Histoire d'introduire un peu de variété, il s'autorisait, ici et là, une touche de fantaisie : un foulard, une écharpe écossaise, une chemise disco satinée, une cravate à fleurs, un maillot à rayures mode babygro.

Sur la page de garde, il avait écrit : « Album de l'année 1973-1974 ». Au singulier, comme s'il faisait référence à un cursus universitaire, un cycle couronné par un examen. La période évoquait le coup d'État de Pinochet, la fin de la guerre du Vietnam, le poncho en laine de lama, les robes indiennes, les bâtons d'encens, la tour Montparnasse ou les films de Pierre Richard. Et si son sourire était celui d'un étudiant post-soixante-huitard ? S'il répondait à une époque ? À une injonction au bonheur ? Un appel à jouir sans entraves ? Et si tout ceci n'était que l'expression d'une jeunesse hédoniste et narcissique ? Le symbole d'une société du spectacle ?

Ses séances de pose avaient dû s'échelonner sur une longue durée. On ne troque pas une paire de bacchantes finement taillées pour une barbe touffue en un claquement de doigts. Ses innombrables changements capillaires et pileux témoignaient du passage du temps. C'était comme regarder quelqu'un vieillir en accéléré dans une conserve inoxydable. En feuilletant son portfolio, je voyais ses traits s'épaissir et les premières ridules apparaître autour de ses yeux en amande. Sa figure tout entière bougeait, évoluait par à-coups, à la manière d'un de ces petits livres animés pour enfants.

Je n'avais plus en face de moi l'homme qui rit, mais un personnage solitaire et fragile. Il me donnait l'impression d'un prisonnier enchaîné à sa propre image. Sa boîte, c'était son panoptique, son quartier d'isolement, sa cellule de poche. Dans *photomaton*, il y a le mot *maton*. Un gardien de délit de faciès. Une phrase de Guy Debord me revint : « Plus il contemple, moins il vit. »

Vous ne choisissez pas une histoire. Elle s'impose à vous. Elle déboule sans prévenir, l'air de rien. Vous la chassez. Elle revient. A priori, elle ne vous concerne pas. Elle semble même assez éloignée de vos préoccupations, et pourtant elle vous touche. Vous essayez de comprendre pourquoi sans y parvenir. Vous ne savez pas par quel bout la prendre, jusqu'au moment où vous percevez une note familière, comme un écho assourdi de votre musique intérieure, et, doucement, vous vous laissez gagner. Elle vous trotte dans la tête, pareille à une rengaine. Vous êtes fatigué de la ressasser, mais impossible de s'en défaire. Elle finit par vous obséder. Il n'existe alors plus qu'un seul moyen pour s'en débarrasser : l'écrire.

Et même là, face à votre écran, vous n'êtes pas davantage maître de la situation. L'histoire vous joue des tours, elle vous embringue, et, parfois, vous avale tout cru. Sans le vouloir, vous en faites partie, vous devenez l'un de ses personnages. Cette histoire, non contente de m'envahir, allait m'entraîner dans une longue suite d'épreuves.

Au début, il ne s'agissait que d'un jeu de piste, de partir à la poursuite d'un inconnu, de reconstituer sa vie et, à défaut, de l'inventer. Pris dans son sens littéral, un album, c'est une page blanche. On peut y mettre ce qu'on veut.

À chacune de nos rencontres, la productrice émettait sur celui qu'elle appelait par commodité « John Doe » de nouvelles hypothèses. Un jour il était « barge », un autre « gay », un troisième elle en faisait une sorte de Fantômas, un personnage clandestin et insaisissable. Elle était convaincue que son album recelait un secret.

À cause d'une étiquette, décolorée par le temps, apposée au verso de la quatrième de couverture. Un rectangle jaunâtre dont je relus plusieurs fois la suscription rédigée en capitales et en caractères gras, comme pour mieux en souligner l'importance : « EN CAS D'ACCIDENT, PRIÈRE DE CONTACTER le consulat d'Israël, 3, rue Rabelais, à Paris 8e ».

Que cherchait-il à entrevoir avec son scanner ? Lui-même ? Quelque chose en lui ? Une vérité cachée au plus profond de son être ? Et que faisait-il quand il en sortait ? Rentrait-il chez lui ? Avait-il même un logement ? Une femme ? Des enfants ? Des amis ? Un métier ? Ou alors ne vivait-il que pour ces brefs moments sous les rayons de sa machine ? Combien de temps laissait-il passer entre deux séances de pose ? Quelques jours ? Plusieurs semaines ? Changeait-il à chaque fois d'automate pour brouiller les pistes, ou retournait-il toujours au même endroit par habitude ou fétichisme ? Quelle tête affichait-il, une fois revenu dans la vraie vie ? Celle qu'il arborait sur son ruban blanc ? Promenait-il son sourire pétrifié parmi la foule ou le réservait-il à son miroir sans tain ? Faute de l'avoir aperçu ailleurs que dans un isoloir, je l'imaginais mal à l'aise en public, d'un tempérament taiseux et distrait, enclin à la rêverie, porté davantage à la contemplation qu'à l'action. À tort, sans doute.

Je n'avais aucune certitude à son sujet. Que des questions.

Après toutes ces années, à quoi ressemblait-il ? Je ne l'avais vu qu'assis sur sa chaise tournante, dans sa posture figée, quasi hémiplégique. J'ignorais s'il était petit ou grand, maigrichon ou ventru. Aurais-je pu seulement le reconnaître si je l'avais croisé à l'improviste dans la rue ? Tout signalement comporte une date de péremption au-delà de laquelle il n'est plus valide. Par-dessus tout, il me manquait l'essentiel : son regard, qui ne peut être saisi que dans l'échange, dans la confrontation avec autrui, son air par nature volatil, sa manière de se tenir, de marcher, la lourdeur ou la vivacité de ses gestes, la modulation de sa voix, tout ce par quoi il différait de ses semblables, ce qui ne pouvait être gravé sur une plaque aussi sensible soit-elle, cette chose imperceptible qui faisait qu'il était lui et pas quelqu'un d'autre.

Était-il encore vivant ? Le sort réservé à son cahier vert, le simple fait de l'avoir entre les mains, incitait malheureusement à penser le contraire. Un tel objet qui touche au corps, à l'intime, n'aboutit pas sur la table à tréteaux d'un chiffonnier comme ça. On sème rarement des petits bouts de soi à la ronde, sinon, peut-être, pour échapper à quelque chose, dans une forme de mutilation réflexe, comme un lézard avec sa queue.

La productrice raffolait de ces vieilles photos qui, à l'occasion, lui servaient d'outils de travail. À force de récolter les souvenirs des autres, généralement sur les marchés, via des chineurs qu'elle connaissait, elle en avait déduit une règle qui présentait l'avantage de résoudre l'épineuse question du droit à l'image : « Quand tu tombes sur ce genre de trucs, tu peux être sûr que la personne est décédée », répétait-elle.

Un album à l'abandon en guise de faire-part. Je ne comprenais pas pourquoi je ressentais une telle tristesse à cette idée somme toute banale, inhérente à un art voué au passé. J'avais beau savoir que, par essence, la photographie enregistre ce qui n'est plus, je refusais d'admettre que tous ces yeux, ces petits éclats parvenus jusqu'à moi, après avoir cheminé pendant des décennies, aient pu correspondre à un astre mort.

Je me méfie des images, des écrans, de tout ce qui fait obstacle entre moi et les autres. Les hygiaphones m'intimident. Les grillages m'oppressent. En ces temps où un verre de pinard agité devant l'œilleton d'un ordinateur tient lieu d'apéro entre copains, j'exècre plus que jamais les filtres et les barrières. Sans même attendre cette virtualisation forcée du monde, j'ai toujours été convaincu que rien ne remplace une rencontre. Ce sont les aveugles qui ont raison. Comme eux, je ne crois qu'au toucher, à l'ouïe, au souffle, à l'odorat, aux embrassades. Le reste n'est qu'illusion. J'apprécie les tête-à-tête, pas les vis-à-vis, ce gouffre entouré d'immeubles. Les fenêtres sur cour ne nourrissent que des malentendus et des fantasmes.

Rien de plus froid, de plus lisse, de plus trompeur qu'une effigie certifiée aux normes. Peut-on reconstituer une existence à partir d'un buste ? Je ne disposais que d'un détail, d'une synecdoque. La partie pour un tout, pareille à une relique. Je devais redonner à cette pièce fragmentaire ce qu'elle était supposée établir au départ : une identité.

Je n'allais pas la trouver aux puces. Méfiant sans être agressif, toujours pressé, même quand il n'avait rien à faire, mon vendeur rechignait à dévoiler l'origine de sa marchandise. « J'ai pas le temps », me déclarait-il à chaque fois, y compris durant la semaine, lorsque son bord de trottoir était désert. Les mains dans les poches, les épaules rentrées, il semblait fermé comme une huître. « Appelle-moi plus tard », ajoutait-il en désignant le zéro-six étalé à l'arrière de son camion. La convivialité chez lui se limitait à l'usage du tutoiement. Mes coups de téléphone tombaient toujours au mauvais moment. « Là, je peux pas te parler, j'entre en clientèle », répondait-il invariablement, ce qui, dans sa bouche, signifiait qu'il dépeçait un appartement.

Les brocanteurs n'aiment pas évoquer la

manière dont ils s'approvisionnent. Quand on les interroge sur la provenance de leur bric-à-brac, ils recourent à un terme vague qui les dispense de préciser les conditions dans lesquelles ils l'ont acquis. Ils disent l'avoir « sorti », comme on tire quelqu'un d'un mauvais pas. D'où exactement ? D'un débarras ? D'un autre étal ? D'une benne à ordures ? Impossible de s'en souvenir.

Te voilà sans attache, ramené à tes images instantanées. Tu n'es plus qu'un lot de photos à l'abandon. Un tas de clichés anonymes jeté à la va-vite au fond d'un carton ou d'un sac-poubelle. Tu ne fais plus qu'un avec ton livre d'un autre siècle. Ton enveloppe te permet encore de faire œuvre, d'ouvrir sur un univers, de ne pas être seulement une succession de visages inanimés. Dépouillé de ta peau en skaï, tu partirais en lambeaux.

Autrefois, assis dans ta cabine chromée, tu guettais une lumière crue et brutale. Tu attendais d'être éclairé. Peut-être sur toi-même. Tu collectionnais des identités. Tu voulais être quelqu'un ou alors n'importe qui. Tu n'es plus personne. Juste une silhouette. Un torse, un sourire, des yeux, d'innombrables yeux. Un champ de tournesols grands ouverts. Une surface sensible aux rayons lumineux, un tigre de papier et de gélatine.

Tu subsistes à l'état de rebut. Autour de toi, ça sent le ranci, le vieux, le renfermé. Tout se délite. Tu côtoies l'insignifiant, l'informe, un tas d'objets hétéroclites ayant pour seuls points communs de provenir d'un même lieu et de ne pas prendre trop de place, de tenir de la babiole et de pouvoir éventuellement resservir. Tu as été déclaré *res nullius*, sans maître ni loi. Mêlé au tout-venant, tu te retrouves à la merci du premier venu.

Tu resurgis un matin d'été dans un ancien faubourg de Paris, sur une place en forme de demi-lune, dominée par un petit campanile et une halle recouverte de tuiles rouges. Tu es arrivé à bord d'un camion bringuebalant de marque Iveco. Les malabars qui te trimbalent, vraisemblablement bulgares ou roumains, exercent la profession de chiffonniers, comme le précise l'annonce inscrite en lettres bleues sur fond blanc à l'arrière de leur véhicule : « Débarrasse tous les locaux. Succession complète ».

Pendant encore quelques minutes, tu fais partie d'un tout. D'un ensemble d'éléments plus ou moins bien assortis qui, peu de temps auparavant, composaient ce qu'on appelle un intérieur. Des choses qui avaient leur place, remplissaient une fonction, un rôle aussi insignifiant soit-il. Pour dire vite, elles meublaient. Elles constituaient des repères à l'horizon restreint d'une chambre ou d'un living. Elles représentaient éventuellement un capital, une somme à négocier sur un site de vente en ligne, et jouissaient d'une valeur sentimentale. Elles étaient aimées moins pour elles-mêmes que comme métaphores. Elles charriaient des souvenirs, exprimaient des goûts, une manière d'être, un statut social, un habitus. Même reléguées au fond d'une cave ou d'un grenier, elles restaient baignées d'une aura et participaient d'un monde familier et rassurant.

Et toi ? Où étais-tu rangé ? Bien en vue sur une étagère ? Posé à plat, sur un présentoir ? Exposé au regard de tous ? Ou enseveli sous des piles de journaux, égaré dans un cagibi, comme le legs d'une autre époque, d'un passé révolu que l'on préférerait oublier. Tu avais peut-être du mal à assumer ce que d'aucuns pourraient considérer comme un exercice narcissique, voire une forme d'onanisme, un plaisir un peu coupable, à la fois tarifé et chronométré, prodigué par un robot qui fait le trottoir.

Après un premier tri rapide effectué sur le bitume, tu échoues dans la partie des puces la plus miteuse, celle réservée à tout ce qui s'amoncelle, autant dire n'importe quoi. Montagnes de fripes contre tas de ferraille, amas de bouquins racornis mêlés à des piles de vieux vinyles. Entre ces monticules, déambule une clientèle essentiellement masculine, d'un âge avancé et, autant que l'on puisse en juger, vivant dans des conditions précaires.

Ce n'est pas un marché, mais un entonnoir,

une mer bouillonnante, un immense vortex plein de bruits et d'écume. Des forces contraires projettent sur ses brisants ce dont la ville ne veut plus, ce qui encombre ou déborde, ce qui déchoit. Pareil à un estran, il se remplit et se vide à intervalle fixe. Chaque jour, ce rond-point transformé en cimetière marin accueille de nouvelles épaves.

Pour tomber dans ce trou noir, tu dois avoir subi un événement violent, une tempête quelconque. Un accident, peut-être.

Des hommes extraient de leurs breaks garés en double file des vies en pièces détachées. Ils déversent sur le trottoir le contenu intégral d'un appartement. Tout ce qu'un être humain a pu accumuler. Les habits qu'il portait et ceux dans lesquels il ne rentrait plus, le matelas encore marqué par l'empreinte de son corps, ses livres de chevet et ceux qu'il n'avait jamais ouverts, les coupes à champagne qu'il sortait de moins en moins, car, avec le temps, il n'y a plus beaucoup d'occasions de faire la fête.

Des existences entières mises à nu. Dès qu'elles quittent la sphère domestique, elles partent à la dérive et rejoignent ce septième continent. Elles tournoient en décrivant des cercles, comme si elles étaient aspirées par le fond, cognent les unes contre les autres, moutonnent, forment ici et là des embâcles, des entrelacs sans la moindre logique sinon l'ordre d'arrivage, à la manière des débris de plastique qui, sous l'effet de la rotation de la Terre et des courants océaniques, finissent par s'agglutiner au milieu du Pacifique Nord.

Tu attends maintenant dans ton bac étiqueté « Déstockage massif. Tout à un euro ». Tu voisines avec des assiettes sales, des appareils usagés remontant au début de la téléphonie mobile, de l'argenterie oxydée, des bols ébréchés, des carnets vierges, des chemises cartonnées. Ce n'est que de la drouille, autant dire de quasi-déchets. Un tas indistinct qui a échappé à la décharge ou à l'incinérateur. Aucun classement. Tout est vendu au même prix. Comme ça, pas de jaloux. Une somme dérisoire qui exclut un quelconque marchandage. Tu dois être écoulé au plus vite.

L'homme qui veille sur ton stand disposé en U appréhende les choses de haut. Il travaille en grand, pense en tonnes et en mètres carrés. Plus qu'un stock, il gère un flux, un débit mesuré à son volume et sa vitesse. C'est une figure du marché. Été comme hiver, il fait le guet, avec sa casquette en tweed chiné et sa barbe poivre et sel. Il occupe toujours le même emplacement adéquatement situé entre la chaussée et le pavillon d'octroi.

Il vit autant des encombrants que de la brocante. Il offre ses services à des familles en deuil, des couples en instance de divorce, des entrepreneurs en faillite, dans presque tous les cas des gens dans l'affliction, contraints de faire place nette à plus ou moins brève échéance. Son activité consiste à créer du vide. Il fabrique du vacant, de l'inoccupé, de l'espace susceptible d'être réapproprié, vendu, loué ou assigné à d'autres usages. Flanqué de ses gros bras, il élimine, déblaie, arrache, retourne, renverse avec méthode, en ne négligeant aucune pièce, aucune surface. En quelques heures, il efface toute trace humaine, à l'instar d'un nettoyeur dépêché sur une scène de crime.

On le traite de charognard au prétexte qu'il exploite les malheurs des autres, alors qu'en réalité c'est un sauveur, un rédempteur. Il prend ce qui a été rejeté, banni, condamné à la décomposition et à la mort, comme on rachète une âme. Il redonne de l'importance au vétuste, à l'obsolète, au crade ou au déglingué. Sur ses éventaires, les objets, quelle que soit leur condition, ont tous droit à une seconde chance.

Avec ton cuir parcheminé et ta collection de masques, tu aurais mérité de trôner parmi les statues africaines en faction au centre de la place. Toi aussi tu es habité par un esprit, et peut-être même davantage que ces fétiches vieillis artificiellement au brou de noix, à moins qu'ils n'aient été passés au gril dans une cheminée de banlieue.

Ton nouveau détenteur ne t'a pas choisi. Il t'a obtenu par surcroît, au hasard d'un chargement. Ce qui fait ton originalité, ce qui te distingue de la masse ne l'intéresse guère. Il ne court pas après l'insolite, le saillant, le je-ne-sais-quoi susceptibles de séduire un collectionneur ou un antiquaire. Dans sa branche, il se situe en début de chaîne, parmi les grossistes. Il laisse à d'autres le soin de débusquer dans son fourbi la perle rare, ou alors le truc anodin mais qui, dans un autre contexte, généralement rapporté à une série de même nature, peut acquérir de la valeur.

Il les connaît bien, ces chineurs en quête de la belle affaire, de l'aubaine, du trésor caché, tous ces acheteurs à la sauvette qui se croient plus malins que les autres, comme s'ils étaient les seuls à pouvoir juger de la qualité intrinsèque des choses, une marchandise promise, sans lui, au néant, sortie du limon, produite presque ex nihilo entre ses mains. À l'aube, au moment où les professionnels dont il fait partie, dûment inscrits au registre du commerce, déballent leur cargaison, il les voit rappliquer, le regard à l'affût, jouant parfois des coudes afin d'être les premiers. Il les repère à la façon dont ils manipulent les bibelots, les soupèsent, les caressent du bout des doigts, les retournent dans l'espoir d'y trouver un poinçon ou une signature.

Tiens ! Justement, en voilà un. Encore un chasseur de puces, un écumeur de vide-greniers ou de salles de vente. Lui, ce qu'il cherche, ce sont les mémoires mortes, les traces que l'on laisse derrière soi, des souvenirs à la fois personnels et universels. Il convoite en particulier les albums de famille, des clichés intimes rendus à leur anonymat qui ne renvoient plus à personne et pourraient être ceux de tout le monde. Des images qui reposent sur une esthétique souvent pauvre et généralement remplie de poncifs. Des instantanés de moments heureux, à la fois uniques et ordinaires, presque interchangeables. Le voyage à Venise, le baptême du petit, l'ouverture des cadeaux à Noël, le barbecue dans le jardin. À chaque rituel, sa carte postale.

Tu captes fatalement son attention. La couleur vert sapin, ça attire l'œil, même au fond d'une caisse. Le type s'arrête, soulève la couverture, procède à un rapide survol et découvre tes centaines de visages en enfilade. Ce coup-ci, pas de dîner aux chandelles, de balade en gondole, de soleil couchant et de sable chaud. Des photomatons, pourquoi pas ? Au moins, ça change. Devant le vendeur, il évite sans doute de manifester son étonnement et se dépêche de lui remettre l'argent qu'il réclame. Tu avais raison de te donner à voir, de te travestir ou de chercher à mieux te connaître, de t'inventer à travers ce théâtre du reflet. Tu voulais te prolonger. C'est fait. Tu entames une énième vie.

Je ne partais pas de zéro. C'était même tout le contraire. Je me débattais avec l'infini. L'homme que je cherchais procédait par accumulation. Il élevait des montagnes. Loin de léguer à la postérité une feuille immaculée, il laissait un fouillis inextricable. Pas le moindre espace vacant. Sur chacune de ses planches, il amoncelait, comme s'il déversait le trop-plein de lui-même. Il multipliait les indices ou peut-être les pièges, des trompe-l'œil destinés à induire en erreur les générations futures. Comment savoir ? Il submergeait ses improbables lecteurs de détails au premier abord sans importance qui, mis bout à bout, semblaient former un gigantesque puzzle.

À défaut d'accéder à son identité, à ce quelque chose qui le distinguait de tous les autres, je pensais tenir un début d'état civil. Au début et à la fin du cahier, de grosses étiquettes rectangulaires, semblables à celles qui autrefois tapissaient les malles-cabines, couvraient les pages de garde. Un nom et un prénom revenaient sans cesse : B'chiri Jacob. Libellés dans cet ordre. Suivait une adresse à chaque fois différente.

« B'chiri Jacob c/o Casa Gizzi, via R. Cadorna 29, Roma (Italie) », « B'chiri Jacob c/o Kaufmann Lutz Inn, Margarethenstr. 22, 4051 Basel (Suisse) », « B'chiri Jacob c/o Pillet Jean, 24, Saint-Nizier, Quincié-en-Beaujolais, 69 (France) ». Et ainsi de suite. L'homme ne tenait pas en place.

Cet inconnu mettait son nom partout comme s'il anticipait son anonymat futur. Il l'inscrivait sur chaque vignette jusqu'à plus soif, sans omettre l'apostrophe entre la première et la deuxième lettre de son patronyme. À la ligne suivante, d'un discret « c/o », il le confiait « aux bons soins » de ses hôtes du moment. Tel un colis. Un fardeau que l'on devine encombrant, lourd à porter, et aussi fragile, nécessitant vigilance et attention. Car, à l'évidence, c'était bien ce nom, ce bagage, cette étiquette accolée à chacun de nous, qu'il interrogeait à travers ses autoportraits équivoques et ses mouvements erratiques.

Le sien était à consonance judéo-arabe. Sur Internet, il existait un Yacoub Bchiri, écrit sans signe d'élision. Un site appelé harissa.com rendait un hommage appuyé à ce membre « bien connu » de la communauté juive de Tunisie. À la fois chantre et joueur de luth, il faisait partie de ceux qui animaient chaque année le grand pèlerinage de la Ghriba, la synagogue de Djerba. Le reste du temps et jusqu'à sa mort en 2008, il chantait dans les mariages aussi bien juifs que musulmans. C'était un amuseur de fête au registre plutôt comique, tournant en dérision certains aspects de la vie conjugale, comme le suggérait le titre d'un de ses principaux succès, en tout cas l'un des plus fréquemment cités : « Le pauvre homme dont la femme est malpolie ».

Il ne pouvait s'agir de la même personne. Outre le fait qu'il n'avait apparemment jamais quitté son île et mettait un point d'honneur à revêtir en public la tenue traditionnelle tunisienne – sur les quelques vidéos disponibles, il est toujours en gilet et pantalon bouffant, coiffé d'une chéchia en laine rouge –, l'aède de Djerba n'offrait qu'une très vague ressemblance avec l'abonné des photomatons et devait surtout être beaucoup plus âgé que lui (d'une trentaine d'années au bas mot).

Son homonyme pourvu de sa précieuse apostrophe n'avait, quant à lui, déposé aucune trace dans la mémoire informatique de la planète. Cela ne m'étonnait guère de la part d'un homme qui semblait cultiver le présent, l'instantané, l'éphémère. Agité comme le lapin blanc d'Alice, il ne devait pas pouvoir rester immobile plus que les quatre minutes imposées par sa machine. Partout où il allait, il ne faisait que passer.

Un prénom dessine une ébauche de destin.

Il s'appelait comme le fils d'Isaac et de Rébecca, le troisième des patriarches, celui qui, dans la Bible, sort des entrailles maternelles en se cramponnant au talon de son jumeau, Ésaü. Yaaqov est le nouveau-né que l'on n'attend pas. Il incarne un intrus, un clandestin, un roublard, un usurpateur qui recourt à la ruse pour supplanter son frère et lui ravir son droit d'aînesse contre un plat de lentilles. Il symbolise aussi la fuite et l'exil. Son rêve d'évasion prend la forme d'une échelle qui monte jusqu'au ciel. Sur plusieurs de ses tableaux, Marc Chagall le dépeint en Juif errant, un sac sur le dos, un sac à monde qui contient tout ce qui le constitue, tout son patrimoine.

Lui non plus ne repassait jamais deux fois au même endroit. Il n'arrêtait pas de déménager, de rencontrer des gens nouveaux, de changer de quartier, de ville, de pays. Dès qu'il séjournait chez quelqu'un, il notait méticuleusement la date correspondante, en haut à droite, d'une écriture appliquée, presque enfantine, à l'encre bleue. Parfois, il ajoutait un téléphone ou une profession. Il lui arrivait même de préciser l'étage ou le numéro du bâtiment. Son album photo, c'était son carnet de voyage. Il y recensait toutes les personnes et institutions qui l'avaient accueilli entre 1970 et 1974.

On pouvait le prendre en filature, reconstituer son itinéraire avec la précision d'un GPS.

Arrivé à Rome le 15 septembre 1970, il descend à la Casa Gizzi, 29, via Raffaele Cadorna, dans le quartier du Quirinal. Le 24 septembre, il traverse les Alpes et dort dans une auberge juchée sur les hauteurs de Bâle, Kaufmann Lutz Inn, au 22, Margarethenstrasse. Le 5 octobre, petite halte dans un village du Beaujolais, où il rencontre un certain Jean Pillet. Il poursuit son chemin vers le sud, dévale la vallée du Rhône, et rejoint, le 1er novembre, Benjamin Lombroso, domicilié au 50, cours Gouffé, à Marseille. Après, retour en Suisse, au 16, rue de la Colline, à Genève, chez un dénommé Charles-Michel Vogt. Pas longtemps. Quatre jours plus tard, le revoici à Marseille. Une escale plus longue, cette fois, le temps de goûter l'hospitalité de deux Claude, Guetta et Saada, au 99, rue Sylvabelle, et celle d'Aimée et d'Élie Illous, au 11, rue Madon.

En avril 1971, il signale sa présence au 46-48, rue Mouraud, dans le vingtième arrondissement de Paris. C'est alors toute une famille qui le reçoit : Jasmine, Dany, Gaëlle, Goussa et Lala Bittan. Le même mois, il rend visite à Jocelyne Balouka, au 68, rue des Écoles, bâtiment n° 3, à Aubervilliers, et, avant ou après, va saluer un Jean-Claude Audigier, au 2 bis, rue de la Quarantaine, à Lyon. En août de la même année, encore un détour par la Suisse qui décidément l'attire. Il réside chez un M. Benno Speishandler, à Saint-Gall, près du lac de Constance. Ensuite ? Rien pendant huit mois. Reste-t-il durant toute cette période en pays alémanique ? Impossible à dire. Le 17 avril 1972, il réapparaît au domicile de Nissim et Rina Lhaik, 20, avenue Jules-Crosnier, à Genève. Cette interminable parenthèse helvétique refermée, il regagne Marseille et n'en bouge plus jusqu'à l'automne suivant.

À première vue, son périple n'obéissait à aucune logique géographique. Pas de ligne droite, que des cercles. Notre routard revenait continuellement sur ses pas. Il semblait chercher son chemin. Il dérivait, il avançait sans but apparent, en prenant son temps. Son Grand Tour, qui relevait plus du vagabondage, de la promenade, que d'une course sans fin, comportait vingt-quatre étapes échelonnées sur trois ans et demi. Soit un déplacement toutes les sept semaines.

Ce sans domicile fixe n'était jamais seul. Il logeait parfois à l'hôtel, le plus souvent chez l'habitant. À une exception.

Le 14 septembre 1972, il ne mentionnait personne d'autre que lui-même. Il se trouvait alors fort loin de ses circuits habituels, à des milliers de kilomètres de l'Europe. « B'CHIRI JACOB 109/1 KIRYAT CHARÊT, RA'ANANA (ISRAËL) », avait-il noté avec un soin redoublé. Ce coup-ci, pas de « *care of* », nul recours à un tiers, comme si cette adresse en majuscules était la sienne. Serait-il, tout simplement, rentré chez lui ? Je ne le voyais pas faire du tourisme à Ra'anana, une paisible bourgade au nord-est de Tel-Aviv, à peine mentionnée dans les guides tant elle est dépourvue d'un quelconque site remarquable. Venait-il célébrer Yom Kippour en famille ? Je m'empressai de vérifier sur un calendrier. La fête du Grand Pardon tombait, cette année-là, le lundi 18 septembre. Oui, ça coïncidait.

Quelles que soient les raisons de sa venue à Ra'anana, il n'y reste encore une fois pas longtemps. Onze jours après, le revoilà au port de Marseille. « Poste 25 – Zim comp. », précise-t-il. Selon toute vraisemblance, il débarque à la Joliette d'un paquebot des Zim Lines, la compagnie maritime israélienne, celle-là même qui, après guerre, transportait clandestinement des rescapés de la Shoah en Palestine, comme l'*Exodus* parti du port de Sète, un quart de siècle plus tôt. Tout laisse supposer que Jacob B'chiri vient d'effectuer le trajet inverse.

Encore une piste à explorer. Quel lien entretenait-il avec Israël ? À défaut d'être résident, il devait en posséder la nationalité. Sinon pourquoi cette insistance à alerter le consulat de la rue Rabelais « en cas d'accident » ? L'État hébreu occupait manifestement une place importante dans son existence. Il compte sur sa protection, traverse la Méditerranée à bord d'un de ses navires et emprunte aussi ses avions. Comment je le sais ? À cause des étiquettes. Il utilise toujours le même papier adhésif entouré d'un liséré orange et frappé du logo d'El-Al, les lignes aériennes israéliennes. L'autre grande compagnie nationale devait lui fournir ses autocollants avant chaque vol. Était-il l'un de ses clients fidèles ? Un membre de son personnel ?

Chaque fois que j'ouvrais son cahier, je croyais y faire de nouvelles découvertes. Il lui prenait parfois l'envie de s'afficher avec un couvre-chef. Au milieu d'une page, il surgissait couvert d'une capuche, d'un casque de motard, d'un béret ou d'un bonnet assez similaire à celui de notre musicien de Djerba. Je n'y voyais qu'une coquetterie ou une note d'humour, alors qu'il me tendait peut-être des perches. Des clés d'explication. C'est le problème avec ce type de recherche : on a tendance à interpréter les moindres éléments. Tout prend sens, y compris les faits les plus infimes.

Sur l'une de ses dernières photos, outre son blazer à petits carreaux qu'il s'évertuait à porter avec une chemise à rayures, il arborait une casquette à visière que je pris d'abord pour un déguisement, un de plus. Associée à ses habits civils, elle lui donnait l'allure d'un pilote en goguette ou d'un employé des postes. Un insigne doré, sans doute en cuivre, ornait son galurin. Ne disposant pas du matériel pour opérer des agrandissements successifs, je dus me munir d'un verre épais en guise de loupe. Je distinguai une double feuille de chêne, à moins que ce ne fût une couronne de laurier, et au milieu, une étoile à six branches.

Cela me rappelait un autre cliché tirant sur le sépia, aux bords crénelés, ce qui dénotait le travail d'un professionnel et non celui d'un robot. Il devait avoir été réalisé en studio. Jacob B'chiri paraissait plus jeune de quelques années. Le visage joufflu, presque poupin, les cheveux et la mise disciplinés, les lèvres fermées, un regard perdu vers l'horizon, il observait une attitude plus compassée que d'ordinaire. Il portait une chemise épaisse couleur sable. Une barrette était cousue au-dessus de sa poche droite. Sur ses épaulettes, pendait de nouveau l'étoile de David entourée d'un cercle. Je reconnus l'uniforme de l'armée israélienne.

Je le prenais pour un comédien, un artiste, un contemplatif, un doux rêveur. Je me retrouvais avec un soldat.

Et que penser de sa séance de déshabillage ? La seule où il ne montre pas sa tronche, mais son nombril. Il se tient debout, derrière son rideau plissé, le pantalon défait, la veste ouverte et le ventre à l'air. De la main gauche, il relève sa chemise. De la droite, il tire sur l'attache élastique de son slip kangourou. Ses doigts pointent vers une large cicatrice qui entaille son bas-ventre. S'agit-il d'une blessure de guerre ou, plus prosaïquement, des séquelles d'une opération de l'appendicite ? Et pourquoi se livrer à un tel spectacle dans un lieu public au risque d'être arrêté pour exhibitionnisme ?

Autre scène intrigante : Jacob B'chiri, pour une fois, n'est pas seul. Il pose avec un autre jeune homme qui lui ressemble étrangement. Presque son sosie. Même tête oblongue, même front haut, même nez aquilin, même paire de lunettes légèrement teintées. Assis côte à côte, dans une symétrie parfaite, ils sont vêtus et coiffés pareil, à la manière de deux frères qui cultivent leur gémellité ou alors de doublures prêtes à permuter, à prendre la place l'une de l'autre. Comme plongé dans d'intenses préparatifs, le duo examine ce qui semble être une carte routière.

Son album contenait un second portrait de groupe où, comme on pouvait s'y attendre, il prenait de nouveau toute la place. La tête penchée en avant, il étalait son sourire marmoréen devant le déclencheur automatique et cachait ostensiblement deux autres individus tassés au fond de la cabine, des binoclards dont on n'apercevait, derrière sa chevelure ébouriffée, qu'un verre de monture et une extrémité du visage. En crevant ainsi l'écran, en l'embrassant de sa silhouette, Jacob B'chiri adressait – mais à qui ? – un message assez clair. Dans la bande qu'il formait ce jour-là, le chef, c'était lui.

Les petits cailloux disséminés d'un bout à l'autre de son trombinoscope m'entraînaient dans une tout autre direction. Des identités multiples, un goût prononcé pour le travestissement, des complices plus ou moins masqués, une absence d'empreinte numérique, comme si celle-ci avait été délibérément effacée, une flopée de prête-noms, des changements incessants d'adresses qui constituaient autant de planques possibles, une vie de globe-trotter, de fréquents allers-retours en Suisse, le paradis du secret, un terrain neutre apprécié des barbouzes de tout poil. À cette liste déjà longue, on pouvait ajouter un passé militaire, peut-être même guerrier, hypothèse étayée par de curieuses balafres au visage et à l'abdomen, des activités au contour indéfini, une probable expérience dans le domaine sensible de l'aéronautique, une existence marquée par la crainte d'un événement fortuit et éventuellement funeste, des liens étroits avec Israël, un pays confronté, surtout ces années-là, aux détournements d'avions et aux attentats à la bombe... En énumérant tous ces éléments à charge, j'avais l'impression de rédiger une ordonnance de renvoi. Le néant qui l'entourait semblait soudain résulter d'une démarche volontaire. D'une manœuvre savamment orchestrée. Cet habitué des lampes à éclair était-il un homme de l'ombre ? Un individu aux cent visages, donc sans visage ?

L'idée enchantait la productrice. Elle voulait à tout prix faire de Jacob B'chiri un espion.

« Ce type devait bosser pour le Mossad ! » s'écriait-elle avec gourmandise dès qu'au détour d'une page il enfourchait ses Ray-Ban. Elle était prête à lui imputer toutes sortes de faits d'armes. La période qu'il feuilletonnait à sa façon s'y prêtait si bien. En ce début des années 1970, il arpentait le nouveau champ de bataille des groupes armés palestiniens. En Italie, en Suisse, en France, ses pas croisaient ceux de pirates de l'air, de poseurs de bombes, de preneurs d'otages. Il aurait pu être l'un des vengeurs des onze athlètes israéliens assassinés aux jeux Olympiques de Munich en septembre 1972. Un tueur lancé à la poursuite des commanditaires du massacre. Ou alors, profitant de son physique plutôt oriental, de ses indéniables talents d'acteur et de son art du grimage, un infiltré, une taupe.

Loin d'écarter les soupçons, il les renforçait. Il jouait avec. Il s'amusait à singer le parfait agent secret. Celui qui, bien sûr, prend connaissance de sa prochaine mission – si toutefois il l'accepte – en appuyant sur la touche d'un petit magnétophone dissimulé dans l'endroit le plus anodin possible, un photomaton, par exemple. La raie sur le côté, les yeux dissimulés par d'inévitables ocelles noirs, il endossait alors un costume en flanelle à deux boutons, coupé près du corps, au revers étroit et à la poche légèrement inclinée, et une cravate fine anthracite ou bleu roi. On avait envie de lui dire : « Bonne chance,

Jack ! » Sur d'autres vignettes, il paraissait a contrario imiter l'un des principaux terroristes de l'époque, Ilich Ramírez Sánchez, dit Carlos, avec sa moustache épaisse de guérillero sud-américain, ses grandes lunettes de soleil ovales et sa carrure sportive. L'air satisfait qu'il affichait, comme à l'accoutumée, prenait en l'occurrence une tournure presque menaçante.

« Tu trouves pas qu'il a aussi un côté Mike Brant ? » demanda la productrice, au cours d'une de nos premières réunions.

Le chanteur ?

Devant ma perplexité, elle insista en évoquant la disparition tragique à peu près à la même époque de l'étoile à la voix d'or. « Y a peut-être un truc à creuser », dit-elle. Un crooner israélien au faîte de sa gloire, mort dans des conditions étranges, en se jetant par la fenêtre de son appart à Paris, un homme réduit à son image et poussé au suicide par le star system ou d'autres raisons plus inavouables, un parfum de scandale, un mystère. Elle imaginait un film solidement ancré dans les *seventies*, un mélange de pattes d'éph, de cheveux longs, de décor psychédélique, de pop music et d'actions clandestines. *Les Aventures de rocky Jacob*, en quelque sorte. De quoi corser une histoire sinon fade, du moins pauvre en rebondissements. Difficile de créer une attente dans un caisson métallique.

Un officier du renseignement allait-il être

démasqué par son album photo ? À partir de là, on peut imaginer n'importe quoi. Voici Jacob B'chiri, un honorable correspondant en mal de notoriété, qui ne trouve rien de mieux que de consigner ses cachettes et ses couvertures successives. Son livre vert en forme de confession serait son journal de marche, son bureau des légendes, l'équivalent du dressing-room de Batman. Voyons, quelle tenue en latex vais-je revêtir cette nuit ? Ou encore un monument au mort. L'espion qui s'aimait aurait érigé des centaines de bustes à sa gloire.

Le diable sortait enfin de sa boîte. Il se muait en un héros moderne, conforme aux canons d'une série télé, à la fois fort et fragile, tendu vers un but et confronté à des problèmes insurmontables, aux prises avec un ennemi invisible et, surtout, avec lui-même. Comment ne pas percevoir la faille du personnage ? On sentait un trouble derrière sa joie forcée. Sa prolixité en tout trahissait un manque. Sa manie de collectionner son nom et son visage suscitait un étrange sentiment d'absence.

Ce devait être l'hiver. Les lunettes relevées sur le front, il avait revêtu sa canadienne en fourrure de mouton et un gros pull beige à col roulé. Dans une mise en abyme – une énième (chacun de ses portraits constituait déjà une œuvre dans l'œuvre) –, il brandissait, quasiment sous son nez, la photo d'identité d'un homme habillé d'un caftan à col rond et d'une chemise blanche boutonnée jusqu'au cou. Cette fois, Jacob B'chiri ne souriait pas. J'eus la curieuse impression qu'il me demandait quelque chose. C'était comme s'il revendiquait un lien, une parenté avec ce fantôme surgi du fond des âges, et me prenait à témoin en me disant : « Regarde-nous ! »

Te connaissant, du moins un peu mieux, tu hésites à quitter ta chambre. Tu ne l'occupes que depuis quelques heures et, déjà, elle fait partie de toi. Si tu pouvais, tu la transporterais sur ton dos à la manière d'une tortue traînant sa carapace. Tu rassembles tes affaires dispersées sur le lit défait, composes une figure de joie devant la glace qui surplombe le lavabo et traverses le hall sans être vu. Tu as conservé la clé. Dans ta propension à t'approprier chacun des lieux où tu bivouaques, tu préfères l'avoir avec toi et, de toute façon, il n'y a personne à qui la remettre, ni de tableau où l'accrocher. La Casa Gizzi relève davantage du meublé que d'un hôtel. Confort rudimentaire. Pas d'air conditionné, ni de téléviseur. On te l'a recommandée pour son calme et sa discrétion, ainsi que pour son emplacement, au pied de la colline du Quirinal, le cœur de l'État italien. Et puis, le bel immeuble d'angle qui l'abrite, carré, massif, teinté d'ocre rouge, dispose de deux entrées séparées, ce qui peut s'avérer fort utile.

Tu sors par la porte de derrière, celle qui donne sur la via Raffaele Cadorna, une petite artère minérale aux façades uniformes. Tu te faufiles entre deux voitures garées en épi. Tes chaussures résonnent sur le pavé. Tu aperçois en face de toi une trattoria au rideau de fer abaissé et un palais de style médiéval aux doubles fenêtres en ogive qui pourrait servir de décor à quelque fête fellinienne. Tu bifurques à droite ou à gauche, ça n'a pas d'importance puisque les deux voies, après s'être écartées, se rejoignent en formant un losange autour d'un terre-plein ombré de pins parasols et de cyprès, un jardin poussiéreux, transformé en parc de stationnement, qui draine des touristes japonais sans que tu saches trop pourquoi.

Il fait chaud puisque c'est encore l'été. Tu dois porter ta chemise blanche et tes Ray-Ban. On pourrait presque te prendre pour un Italien. Tu n'es jamais vraiment ce que tu prétends être. Autour de toi, tout le monde fume et tu ne fais pas exception. Une cigarette pend donc au coin de tes lèvres. Tu marches d'un pas circonspect. À deux ou trois reprises, tu te retournes, comme si tu étais perdu. « *Senso unico* », te répète-t-on à chaque coin de rue. Rome est une ville à sens unique, une flèche irrémédiablement pointée vers le passé. Tu constates, sans doute avec un brin de malice, que tu ne suis aucun des panneaux indicateurs qui jalonnent ton chemin. Quand on veut t'orienter quelque part, tu es toujours tenté de prendre la direction opposée.

Tu viens d'arriver et tu t'apprêtes à repartir. Ton existence tient dans une petite valise en similicuir noir que tu t'évertues à déballer partout où tu passes. Dans douze jours tu seras à Bâle, une semaine après tu traverseras le Beaujolais. Tu cherches à te poser, mais tu ne sais pas où. Tu n'es nulle part de mise et te sens partout ailleurs. Tout te paraît éphémère. Tout passe comme une ombre. Mais as-tu remarqué ? Quand tu te réfugies dans ton automate, tu ne projettes aucune silhouette derrière toi, tu apparais en deux dimensions, comme si tu faisais corps avec la paroi. Même là, face à ton miroir, tu te comportes en étranger. Tu te découvres, tu es ton propre témoin, tu visites d'autres en toi. Cloîtré, tu continues de voyager.

Tu es attentif aux moindres détails. Tu scrutes les petites lucarnes à l'entresol des maisons, évalues la hauteur des lampadaires pendus au-dessus de la chaussée, repères deux passagers à bord d'une voiture en stationnement, notes l'absence de cabine téléphonique et observes de loin un policier qui somnole devant un bâtiment officiel. Tu t'intéresses à tout et rien ne te retient. Tu admires les colonnes d'une église baroque sans prendre la peine de t'y arrêter.

Malgré l'heure matinale, tu sembles pressé par le temps. Tu laisses derrière toi des ambassades en forme de gâteaux meringués et, sur ta gauche, des ministères aussi imposants que des casernes. Tu habites un quartier de guérites endormies et de drapeaux qui vacillent.

Tu te tiens peut-être sur tes gardes. Tu sais que c'est le pays tout entier qui chancelle. Tu le lis sur les nouveaux bas-reliefs de la Cité éternelle, des graffiti, des pochoirs apposés nuitamment, qui sonnent comme des cris de guerre : « Calabresi Assassino Torturatore ». Le nom de ce commissaire de police ne te dit sans doute rien, mais tu comprends que le temps des bourreaux et des assassins ne fait que commencer. Depuis quelques mois, des bombes explosent ici et là, des bombes orphelines que personne ne revendique, destinées à préparer l'avènement d'un régime militaire, sur le modèle des dictatures sud-américaines, ça aussi tu l'ignores. Des banques volent en éclats. Des trains déraillent. Même les terrasses scintillantes de la via Veneto exhalent une odeur de poudre. La dolce vita est bien finie.

Des pétarades te font sursauter. Un réflexe. Encore un legs de ta vie d'antan. À la plus petite détonation, tu tressailles, tu ressens un pincement à la poitrine. Ce ne sont que des motards qui vrombissent en meute. Avec raison, ils prennent Rome pour un tombeau ouvert.

Tu poursuis ta route et t'empresses de chasser les fulgurances qui envahissent ton esprit comme chaque fois qu'un événement ravive tes douleurs anciennes.

Après dix minutes de marche, tu débouches enfin sur la via Leonida Bissolati, une large avenue légèrement curviligne, bordée de grands immeubles de bureaux. À la vue de *carabinieri* en tenue antiémeute déployés au carrefour, tu redoutes un incident, quelque chose de grave. Tu entrevois derrière eux un muret, des palmiers et une belle villa de couleur crème où flotte la bannière étoilée. Ce déploiement de force n'est là que pour l'ambassade des États-Unis. Tu te souviens alors des affiches appelant à manifester contre la venue prochaine du président Richard Nixon.

Encore quelques pas et tu pénètres dans un bâtiment aussi imposant qu'austère, à l'architecture néoclassique, vraisemblablement mussolinienne, qui sert de siège à plusieurs compagnies aériennes. Tu émerges de l'ascenseur, appuies sur une sonnette, approches la tête de l'interphone et déclines ton nom, quel qu'il soit. Un gardien ouvre la porte blindée et te laisse entrer. Partout, El-Al se barricade. Ici plus qu'ailleurs.

Le contraire t'aurait étonné. Tu te trouves dans l'œil du cyclone, le lieu où tout a commencé. C'est à Rome que la compagnie a subi son premier et – jusqu'à ce jour – unique détournement d'avion. Il fallait s'y attendre. L'aéroport de Fiumicino traîne une réputation exécrable. « C'est le pire d'Europe », assure-t-on parmi les personnels navigants. À l'heure du tourisme de masse, il ne dispose que de deux pistes perpendiculaires. À peine sorti de terre et déjà trop petit, il cumule les retards et les annulations de vols. Personnel en grève, bagages perdus et le reste à l'avenant. Tu t'inquiètes surtout pour la sécurité. Une terrasse en libre accès donnant sur le tarmac, des contrôles insuffisants et, bien entendu, aucun détecteur de métaux. Le terminal italien est une vraie passoire. L'endroit idéal où monter une attaque.

Tu connais sans doute par cœur l'histoire du vol 426 pour Tel-Aviv. Le départ différé d'une journée à cause d'une avarie, l'appareil aux trois quarts vide, la majorité des voyageurs ayant préféré partir plus tôt sur Alitalia, l'irruption de deux hommes à moustache dans le cockpit, le commandant qui croit avoir affaire à des soûlards jusqu'au coup de feu tiré en l'air, l'ampoule du plafonnier qui explose, l'étourdissement, les éclats de verre, le canon pointé sur la nuque du copilote, d'autres cris lancés cette fois depuis la cabine, la grenade agitée par un troisième comparse, debout au milieu du couloir, sous les yeux effarés des passagers, le doigt fébrile sur la détente et l'autre main brandissant l'anneau dégoupillé, les menaces proférées dans un mauvais anglais, et puis l'avion qui finit par s'incliner, changer de trajectoire et mettre cap au sud, direction Alger, l'atterrissage brutal, l'attente au bout d'une piste, le tri parmi les otages en fonction de leur passeport et de la consonance de leur nom, la peur encore, la captivité, les semaines de palabres entrecoupées de rumeurs, et enfin la délivrance sous les flashes des photographes.

Israël a dû relâcher seize prisonniers arabes. Le Front populaire de libération de la Palestine crie victoire. L'opération, effectuée par l'un de ses commandos dans la nuit du 22 au 23 juillet 1968, marque l'avènement d'une nouvelle ère. Depuis, les chefs du groupe armé ne jurent plus que par l'aérien. Ils ciblent toujours plus haut, toujours plus loin. Le ciel est à eux. Quoi de mieux qu'un avion de ligne ou un aéroport international pour terroriser à peu de frais ? La guerre en classe économique qu'ils livrent au-dessus des nuages leur garantit un maximum de retentissement. Des turboréacteurs rutilants deviennent des bombes volantes ou des prisons mobiles. Les halls d'embarquement se transforment en champs de tir et les voyageurs en monnaie d'échange ou en chair à canon.

Au moment où tu t'envoles vers l'Italie, l'aviation civile traverse la plus grave crise de son histoire. Les combattants palestiniens ont contraint un DC-8 de Swissair, un Boeing 707 de TWA et un Jumbo de la Pan Am à se poser sur un ruban d'asphalte, en plein désert, et retiennent prisonniers leurs quatre cents passagers. Afin de donner plus de poids à leurs menaces, ils viennent de faire sauter les trois avions à la dynamite. Un Boeing d'El-Al en provenance d'Amsterdam aurait connu le même sort sans l'intervention d'un garde vêtu en civil, équipé d'un Beretta de calibre 22 – désormais, il y en a un sur chaque vol de la compagnie israélienne. Et si le pilote n'avait pas eu le réflexe de mettre l'appareil en piqué, afin de déséquilibrer les deux pirates de l'air. Qui sait ? Tu aurais pu être à bord.

La mort te précède, elle te suit, elle t'accompagne peut-être déjà. As-tu croisé Vittorio Olivares ? Un Italien, catholique, âgé d'une trentaine d'années. Lors de ta venue à Rome, il travaille pour British Airways, dans le bureau d'à côté. Il sera bientôt recruté par El-Al comme simple employé. Un jeune Libanais le tuera au coin de la rue, via Venti Settembre. Deux coups de feu tirés dans le dos, au milieu de la foule, avec un pistolet semi-automatique, dissimulé dans une valise et muni d'un silencieux. Le meurtrier l'aurait apparemment confondu avec son supérieur israélien.

L'enseigne qui transparaissait sous la peinture blanchâtre l'attestait. Il existait bien un « tapissier Teboul » à l'adresse indiquée dans l'album. Je reconnus le T, le P, plus loin un B, un O, un L. Les lettres formaient un monogramme, comme un sceau à moitié effacé, au-dessus de l'ancienne échoppe dont il ne subsistait que la devanture, un pot-pourri composé de tôles, de plaques de béton et d'un empattement en marbre. Une pub pour une école de musique, aux teintes criardes, recouvrait la vitrine. Le local servait dorénavant de garage. Une pancarte annonçait « À louer box à motos ».

Faute de bus, j'étais venu à pied depuis le Vieux-Port. En haut de la colline, après une demi-heure de montée, au pic de la chaleur, ma chemise ruisselait de sueur. Le vallon de Montebello menait à un lacis de ruelles à la texture encore villageoise. De part et d'autre de la chaussée, les maisons n'excédaient pas deux étages. Avec sa boutique désaffectée et ses volets clos, la petite bâtisse grise qui arborait le numéro 53 paraissait à l'abandon. Une porte à peine plus large qu'une meurtrière permettait d'accéder aux appartements que l'on imaginait exigus et bas de plafond. Deux noms figuraient sur l'interphone et ce n'étaient pas les bons.

Je pressai un bouton, puis l'autre. Personne ne m'ouvrit. M. Teboul ne résidait plus là. Inconnu aux pages jaunes, j'ignorais comment le retrouver, à supposer qu'il fût encore de ce monde.

À lui aussi, Jacob B'chiri avait mis une étiquette. De sa plume bleue aérée, il écrivait avoir séjourné chez le tapissier marseillais une partie du mois de juillet 1972. Depuis des semaines, je marchais sur ses pas. Je refaisais son parcours en espérant sinon le croiser, au moins tomber sur l'une de ses connaissances. Une personne nécessairement âgée, d'abord un peu surprise, et qui, après réflexion, m'aurait répondu : « Ah, Jacob, bien sûr ! Ça fait une éternité que je n'ai pas entendu parler de lui. »

Je trimbalais avec moi une liste de tous les lieux où il s'était rendu, que je cochais au fur et à mesure. J'avais aussi reconstitué sur une feuille de dessin son cheminement compliqué depuis Rome jusqu'à Paris, en passant par la Suisse et Israël. Les villes-étapes étaient cerclées de rouge. Des traits noirs incurvés les reliaient les unes aux autres. Des flèches indiquaient la direction suivie. Depuis mon enfance, j'ai toujours aimé dresser des cartes. Je peux les contempler pendant des heures. Un itinéraire tracé en pointillé raconte une histoire. Un plan permet de déterrer des trésors. Le monde ne peut être appréhendé qu'une fois couché sur une surface de papier. Pas de mise en mots sans mise à plat.

La figure obtenue ne faisait que confirmer ce que je savais déjà : Jacob errait dans un dédale inextricable. À force de se chevaucher, les boucles qu'il décrivait formaient un écheveau de fil indémêlable, un gros pâté au milieu de l'Europe occidentale. Un autre enseignement ressortait de ce gribouillis informe : notre bourlingueur ne cessait de tourner autour de Marseille. C'était son port d'attache, le point d'intersection de toutes ses ellipses, le centre à partir duquel il rayonnait. Immanquablement, il y revenait et trouvait à chaque fois quelqu'un pour l'héberger. Le plus souvent dans les quartiers est ou sud. À Lodi, Saint-Jean-du-Désert, derrière l'hôpital de la Timone, à la Valbarelle ou plus loin encore, vers la Madrague et le parc des Calanques. À son arrivée au vallon de Montebello, il connaissait déjà bien la ville. Selon son agenda illustré, il y effectuait son cinquième séjour en deux ans.

Dans le langage de la vénerie, les connaissances désignent les empreintes d'une bête chassée, coulées de chevreuils, sentes de sangliers. Ici, comme ailleurs, je n'en trouvais aucune. Nulle trace de Jacob B'chiri. Je le soupçonnais d'avoir fait aussi disparaître son rempailleur. Par un phénomène de contagion, un même oubli frappait tous ceux dont il mentionnait l'existence.

Sur la plaque en cuivre du 99, rue Sylvabelle, pas davantage de Guetta ou de Saada, le couple censé l'avoir accueilli deux ans plus tôt, le 10 novembre 1970. Plus bourgeois que le précédent, l'immeuble de style haussmannien opposait la même impassibilité muette faite de pierres de taille ravalées au Kärcher et de double vitrage. Aucun secours ne pouvait venir du voisinage. Tout était fermé, église comprise.

Je traversai la place de la Castellane et rejoignis le cours Gouffé, une avenue frangée de platanes. Au numéro 50, personne ne se souvenait de Benjamin Lombroso, le premier habitant de Marseille à lui avoir accordé l'hospitalité. « C'est un homme d'où ? » demanda dans un français approximatif un électricien vraisemblablement slave qui partageait le rez-de-chaussée avec un restaurant vietnamien. Plus à l'est, rue Madon, Élie Illous vendait des pneus. Envolé, comme les autres. Son atelier avait cédé la place à une résidence en crépi de construction récente et déjà fatiguée.

Un demi-siècle suffit-il pour détruire l'ensemble de vos repères ? Pour raturer chaque ligne de votre carnet d'adresses et éliminer jusqu'à la mémoire des noms qu'il contient ?

Partout où j'allais, je me heurtais au vide. J'arpentais la ville d'un bout à l'autre et me retrouvais au même point, face à des inconnus, des gens de passage, des lieux interchangeables, des murs et rien derrière. Un monde en déshérence où tout subsiste et rien n'appartient plus à personne. Je me réjouissais presque de pouvoir relever une absence. Au moins témoignait-elle en creux d'une vie passée.

J'aurais dû, sans doute, commencer par la zone portuaire. Cela convenait mieux à un type en partance. Herses, caméras et péages automatiques protégeaient l'accès à la rade. Le portail le plus proche du bassin du Président-Wilson était condamné depuis des années pour raison de sécurité, obligeant le personnel à faire un long détour par le nord. Au moment où j'atteignais l'ancienne grille d'entrée, deux agents de la Seayard revêtus de leur gilet fluorescent entreprenaient de l'escalader. Les monte-en-l'air sortaient de table et regagnaient leur travail par le chemin le plus court. Juché sur sa barrière, celui qui paraissait le plus âgé des deux rigolait : « Qu'est-ce qu'y ne faut pas faire pour aller bosser ! » Ils venaient de déjeuner sur le trottoir d'en face, au bar de l'Océan. Un établissement d'hommes soumis au rythme des ponts roulants – une cadence plutôt pépère à en juger par l'ambiance quasi estivale qui régnait alors sur l'ensemble des docks.

Ce jour-là, mon amie m'accompagnait. À notre arrivée, les clients assis sous la tonnelle levèrent tous la tête vers nous, avec un synchronisme parfait, surpris sans doute par l'irruption d'une femme, de surcroît en robe rouge, dans un monde entièrement masculin et jaune électrique. Depuis la terrasse, on apercevait un paysage figé de Lego et de Playmobil et, au-delà, un porte-conteneurs amarré au môle. Aucun autre navire en vue. Le quai qui correspondait au poste 25, mentionné par Jacob B'chiri comme étant le débarcadère de la Zim, était totalement désert. Son état habituel, selon mes voisins de table. Employés sur la darse suivante, ils n'y voyaient jamais passer de marchandises et encore moins de passagers. « Parfois, des bateaux se mettent là, on ne sait pas pourquoi », dit l'un d'eux.

Du crépi, du béton armé, du neuf déjà vieux, des intérieurs modestes, un atelier, un garage, des rues sans charme tirées au cordeau, loin de la mer et de ses villas rococo, loin du centre et de la corniche, loin de là où ça se passe. Que faisait-il à Marseille ? Pas du tourisme, en tout cas. Au cours de sa longue pérégrination, un seul endroit s'y prêtait : le 155, avenue de Montredon abritait un parc immense, insoupçonnable depuis l'extérieur. Le jardin tranchait sur la grisaille uniforme. Futaies de pins parasols et de chênes verts, vastes prairies à l'herbe grasse, lacs hérissés de roseaux, buissons de houx et de genévriers, sous-bois tapissés d'aiguilles, tout ça à côté des plages de la Pointe-Rouge et du Prado. Et, au bout d'une allée rectiligne, des sentiers en lacet débouchant sur un chaos de roches couleur de cendre.

Jacob B'chiri y résida trois mois : en juin, juillet et août 1972. En lisant cela, je crus à une erreur. Il disait être à la même période au vallon de Montebello. Sans doute, effectuait-il un va-et-vient entre les deux ? Cette fois, il confiait – mais quoi précisément ? son courrier, ses bagages, sa personne ? – aux bons soins de l'Œuvre de protection des enfants juifs. Créée à la fin de la guerre pour secourir les orphelins de la Shoah, étendue ensuite aux jeunes rapatriés d'Algérie ou d'ailleurs, l'OPEJ loua jusqu'en 1988 l'une des trois propriétés du domaine de Montredon. C'était un refuge, un pensionnat, une école, un espace de liberté ouvert sur une nature éblouissante, et, durant l'été, donc au moment où Jacob était présent, une colonie de vacances.

Une allée de gravier menait à un hôtel particulier chapeauté de zinc comme on en voit dans l'Ouest parisien. De l'intérieur, s'élevait un bruit de cour de récré, mélange de rires et de larmoiements. Le bâtiment appartenait dorénavant à la commune. Reconverti en centre aéré, il continuait de recevoir des enfants, âgés de trois à douze ans, désormais issus du quartier. Affiché sur les barreaux, à l'entrée, le programme du jour annonçait des jeux d'eau, un karaoké chinois et, pour les plus grands, un atelier de masques qui aurait pu, si ça se trouve, séduire son lointain visiteur.

D'après son journal de bord, Jacob B'chiri vient de connaître son dernier été provençal. À la mi-septembre, il séjourne une semaine ou deux en Israël, et retourne à Marseille par bateau, mais ne s'y attarde pas. Le 2 novembre 1972, il est à Paris. Il pose ses valises dans le quartier de Barbès, au 102, rue Doudeauville. Il cohabite alors avec Simon Bismuth. Finis, les zigzags en Europe. Même s'il continue de squatter chez les uns et les autres, il ne quitte plus les bords de Seine. À partir du 15 novembre, il vit à Chaville, près de la forêt de Meudon. Ensuite, s'il faut en croire l'inventaire qu'il en dresse, il réside un bon bout de temps au 134, rue de Turenne, dans le Marais, fait une brève incursion au 10, rue Baudoin, dans le treizième arrondissement, avant de s'établir sur la rive droite, au 163, rue Saint-Denis. En mars 1974, il emménage dans un bâtiment années 1930 aux lignes néoclassiques, sis au 8, rue Émile-Allez, près de la porte de Champerret. C'est sa dernière adresse connue.

Je m'étais recueilli devant chacune des stations de son pèlerinage, dans l'espoir d'y trouver une vérité. Les immeubles étaient partout protégés par des digicodes. Je me contentais de les observer depuis la rue, sans chercher à y entrer, comme si la vue d'un échafaudage recouvert de toile, d'un salon de coiffure africaine, de trois carcasses de vélo oubliées à un râtelier, d'une femme assise sur les marches d'un perron, ou d'un pot de fleurs décharnées à un balcon, pouvait m'apprendre quoi que ce soit. Ce n'étaient que de pures façades, des décors sans fond, semblables à ces trous noirs qui, nichés au centre des galaxies, aspirent la matière.

Je poursuivais un peuple de papier. Pas de Bismuth rue Doudeauville, ni de Badarau rue Baudoin. Pas davantage de Joëlle Recca rue Saint-Denis. Un psychanalyste domicilié à proximité portait le même patronyme, mais avec un seul « *c* », me précisa-t-il au téléphone, sans raccrocher. Était-ce à titre professionnel ? L'histoire l'intéressait. « Il y a de l'endurance chez ce Jacob. C'était, si je comprends bien, un errant. » Il me donna le contact d'autres membres de sa famille au cas où. « Vous pouvez les appeler de ma part. » Il était prêt à me revoir, à l'occasion. Pourquoi pas dans son cabinet ? « Afin d'échanger un peu plus, dit-il. Tous ces éléments sont très énigmatiques. »

À Chaville, la rue Carnot enjambait la voie ferrée et conduisait à une forêt. Le numéro 34 ne renvoyait qu'à un parking et à la gare attenante. Jacob situait pourtant là, dans cette déchirure du tissu urbain, sa rencontre, le 15 novembre 1972, avec une certaine Évelyne Loewenguth. Fallait-il encore le croire ? Cette dame n'apparaissait bien entendu sur aucun registre accessible en quelques clics. Le nom m'était cependant familier. Entretenait-elle un lien de parenté avec le violoniste Alfred Loewenguth ? Il dirigeait autrefois un orchestre de jeunes à Sceaux. Le maestro était mort depuis longtemps. Son successeur à la tête de la formation pensait que je faisais fausse route : « Je n'ai pas l'impression qu'il y ait eu une Évelyne dans la famille. » Il ne voyait pas qui pourrait me renseigner. « Des Loewenguth, il n'y en a plus beaucoup. »

Pour demeurer invisible, rien ne remplace un bataillon d'homonymes. Il existait un Jean-Claude Audigier, domicilié non pas au 2 bis, rue de la Quarantaine, à Lyon, mais en Ardèche, à Vals-les-Bains, où il exerçait le métier de sourcier, radiesthésiste et magnétiseur. « Pour toute demande, notamment d'animaux perdus, vous pouvez écrire en envoyant une photo et une enveloppe timbrée », déclarait-il sur son répondeur. Dans mon courrier, je lui résumais l'affaire en quelques lignes. « Peut-être avez-vous croisé les pas de ce Jacob B'chiri en 1971. Si c'est le cas, me serait-il possible de vous appeler ? » Il me téléphona deux semaines plus tard. Son ton était claironnant, presque solennel : « J'ai reçu votre lettre. Ce n'est pas moi ! » Il n'avait jamais habité l'agglomération lyonnaise et l'homme lui était totalement inconnu. Il changea vite de sujet pour me parler de lui. Il me raconta comment il partait avec sa baguette à la poursuite d'une source, d'un chien égaré, parfois même d'une personne portée disparue. Je fus tenté de recourir à ses pouvoirs paranormaux, mais à aucun moment il n'offrit de m'aider. Le cas que je lui soumettais sortait sans doute de son domaine d'activité.

Jean Pillet figurait, lui aussi, dans l'annuaire. Là, pas de méprise possible. Il demeurait bien à l'adresse reportée sur l'une des premières pages de l'album, au 24, Saint-Nizier, à Quincié-en-Beaujolais. « Il est décédé », me répondit sa veuve. Cela remontait à plus de quarante ans. Elle ne s'était jamais résolue à modifier ses coordonnées téléphoniques. « Jacob, dites-vous ? Est-ce qu'ils se sont trouvés au régiment ? Y a que comme ça qu'on peut se connaître. » Son mari cultivait la vigne, comme son père avant lui. Le devoir militaire accompli, il n'avait plus jamais quitté leur hameau perdu au milieu des coteaux. « Attendez voir, dans quelle caserne était-il ? Il en a fait tellement. C'est si vieux tout ça. » Elle ne voulait pas en démordre. Seule l'armée pouvait les avoir réunis. Soudain, elle s'excusa, comme si un voile venait de tomber. Non, décidément, ce monsieur ne lui disait rien.

« Je ne vois pas du tout qui c'est », développa-t-elle d'une voix plus assurée. Elle suggéra une autre piste. Il y avait un cousin germain qui se nommait Jean Pillet, lui aussi. Un marchand de vaisselle à Beaujon. « Mais il est mort. »

Son époux ne faisait pas lui-même son vin. Il apportait l'intégralité de sa production à la coopérative. Pas de cave à visiter, donc, ni de bouteille à acheter. Il n'entretenait aucun rapport avec le public, sortait rarement de son village et n'avait évidemment jamais servi dans les rangs des forces de défense israéliennes, plus connues sous l'acronyme de Tsahal, mais il recourait parfois à de la main-d'œuvre pour les vendanges. Sa veuve ne se souvenait pas d'un saisonnier prénommé Jacob.

À force de courir après un fantôme, j'en venais à douter de la réalité même de ses voyages. Sans l'échoppe de M. Teboul réduite à quelques initiales, j'aurais fini par croire que tout était faux : les amis prêts à l'héberger, les pensions, les hôtels, les dates, les numéros de téléphone. Toute cette existence de globe-trotter. Des fantasmes, des chimères.

Les noms, au moins, il ne les avait pas inventés. Je réussis à en retrouver quelques-uns dans des bottins des années 1970 conservés à la bibliothèque des Postes et des Télécommunications, rue Pelleport. Bismuth, Badarau, Illous… Les autres ne devaient pas avoir de ligne de téléphone. Les adresses coïncidaient elles aussi. Les pages microfilmées précisaient de temps à autre la profession : « coupeur de vêtements de peau », « vulcanisateur », « confection pour dames ». De vieux métiers en voie de disparition qui me rappelaient celui de M. Teboul, le tapissier du vallon de Montebello. Jacob B'chiri avait-il habité chez eux et partagé leur table, ou s'était-il contenté de faire appel à leurs services ? Était-il leur ami ou un vulgaire client ?

Mon enquête ne progressait guère et la productrice commençait à montrer des signes d'impatience. « Des nouvelles de John Doe ? » Relance, des semaines plus tard : « On se fait un récap ? » « On a besoin d'avancer, maintenant. » Elle avait beau ajouter un smiley afin de terminer sur une note d'humour, je sentais dans ses SMS un certain agacement. Les textes que je lui envoyais, récits quelque peu hallucinés de mes mésaventures, mais qui à mon sens pouvaient servir de base à un scénario, ne suscitaient aucun commentaire de sa part. Ce qu'elle voulait, c'était Jacob, mort ou vif.

Je restais convaincu que son album renfermait la clé du mystère. Il me plongeait dans un état quasi hypnotique. Je pouvais l'examiner pendant des heures comme un mandala indien afin d'en saisir le sens caché. Ses centaines de visages me faisaient penser à la scène finale de

La Dame de Shanghai, le film d'Orson Welles, lorsque les protagonistes s'affrontent jusqu'à la mort dans un palais des glaces, sans savoir s'ils se tirent dessus ou ne visent que leurs reflets. Ici aussi, il fallait, pour parvenir jusqu'à lui, briser chacun des miroirs derrière lesquels il se dissimulait.

Je ne me souviens plus si la photo est tombée d'elle-même ou si je l'ai décollée par mégarde en soulevant le papier transparent qui la protégeait. C'était la première de la série. Celle qu'il avait choisie pour inaugurer son album. Celle où il posait en costume-cravate et étalait ses dents blanches. Au verso, je vis des annotations rédigées à la main en hébreu, précédées d'une date. Par curiosité, je retournai le portrait suivant et découvris au dos la même écriture carrée qui emplissait l'espace. J'en détachai trois autres, délicatement, avec le pouce, en prenant soin de ne pas déchirer la page, sans rien trouver, puis j'exultai : encore un message derrière la photo du bas. Il avait disséminé ses petits mots un peu partout.

Jusqu'à cet instant, il pouvait être n'importe qui : un espion, un acteur, un vagabond, un mythomane, un chanteur de charme, un photographe amateur, un adepte de la téléportation, un être hybride, mi-homme, mi-machine. Bien entendu, j'espérais enfin comprendre ses mimiques, ses obsessions, ses parties de cache-cache, son goût du secret et des sunlights, cet appétit pour le clair-obscur, je n'avais que l'embarras du choix. Mais, avant toute chose, je voulais savoir – simplement, si j'ose dire – qui il était.

Tu termines ta galerie d'autoportraits par une note dramatique. Yeux exorbités et hagards, bouche entrouverte, narines dilatées, cheveux hirsutes, chemise dépoitraillée. Sur ton ultime médaillon, tu arbores la tête du jeune Courbet en proie au désespoir. Tu ne peux pas ne pas avoir pensé à son tableau en forme de confession. Tu es comme lui, à te débattre au même âge avec les mêmes démons. Tu veux toi aussi sortir de la toile qui t'enferme. Ses mots confiés alors à un ami et protecteur pourraient être les tiens : « Avec ce masque riant que vous me connaissez, je cache à l'intérieur le chagrin, l'amertume et une tristesse qui s'attache au cœur comme un vampire. »

Sur cette vision d'épouvante, tu mets un point final à ce qu'il faut bien appeler ton œuvre. Un roman-photo dont tu es le héros, le narrateur et, quasiment, l'unique personnage, un collage de différents matériaux qui doit pouvoir se prêter à une analyse comme n'importe quelle création littéraire. Un livre total engageant l'ensemble de ta personne. Il n'est pas de toi, il est toi, dirait Fernando Pessoa, ou plutôt son hétéronyme Vicente Guedes, un résumé de toi à la manière d'un passeport biométrique ou d'un reliquaire. Sur l'une des premières pages de ton album, entre deux étiquettes d'avion, tu as même collé un cheveu avec un morceau de ruban adhésif. Petit fil brun emberlificoté dans un interstice. Pas besoin d'un test ADN pour savoir qu'il t'appartient.

Tu te racontes en conjuguant le mime et le verbe, à travers une géographie physique et humaine, une suite d'aspects et d'espaces, de dates, de lieux, de visages à la fois offerts et inaccessibles. Très classiquement, tu commences par planter le décor. Un tour d'Europe, expédié en quelques pages, au moyen d'une liste de noms et d'adresses égrainés selon un ordre chronologique. Puis, tu entres en scène sous des traits impeccablement tirés. Tout est droit, durci, embaumé, ripoliné, jusqu'au sourire et au nœud de cravate. Une sorte de portrait officiel, un idéal masculin que tu t'emploies ensuite à altérer, à gommer au fil des pages. Tu t'efforces toujours de faire bonne figure, mais progressivement tes traits acquièrent de la profondeur. Une grimace, la gravité d'un front tempèrent le mouvement des lèvres. Quelque chose passe dans tes yeux.

Une acuité qui ne peut être entièrement due à la nécessité de fixer l'objectif. Tu te déshabilles. Tu exhibes des blessures et en suggères d'autres.

Il nous manque les sous-titres pour comprendre ce que tu veux nous dire. Des petits rouleaux torsadés à la manière des enluminures du Moyen Âge qui sortiraient de ta bouche avec la légèreté d'une bulle et enserreraient tes paroles inévitablement sibyllines. Tu as préféré garder tes considérations pour toi. Tu les caches au dos de tes icônes et les recouvres parfois d'une bonne couche de colle pour être sûr que personne ne les relira. Comme toutes les pièces, tes photos d'identité comportent deux côtés. Face, tu te tais et te surexposes. Pile, tu te livres et te dissimules.

Un double fond évoque aussitôt un double jeu, un versant obscur, une activité clandestine, voire illicite. Comme pour mieux détourner les soupçons, tes phylactères se présentent sous des dehors anodins. Ils commencent presque tous par la même formule affectueuse : « À ma très chère famille ».

Tu écris à tes proches. Des petits mots laconiques où tu leur parles du temps qu'il fait, pour ne rien dire, ou plutôt pour leur dire que tu penses à eux. Tu t'inquiètes de leur santé, fais le vœu de les revoir rapidement et les quittes sur un bref « *shalom* ». Te concernant, tu ne fournis que des nouvelles parcellaires, des anecdotes, des platitudes, du genre de celles dont on abreuvait nos parents et amis en vacances quand les émojis n'existaient pas. Car c'est bien ça que tu envoies, des cartes postales, des cartes à ton effigie. Tu donnes à voir, non pas le lieu où tu te trouves, mais ton visage, cette boule de glaise qui porte l'empreinte de tes joies, comme de tes peines. Tes missives ne reproduisent pas un monument, une place, une rue, une plage remplie de baigneurs. Elles ne montrent rien de pittoresque ou d'exotique. Elles font office de preuves de vie. Elles disent moins « j'y étais » que « je suis ».

Signe de foi ou legs d'une éducation religieuse, tu n'oublies jamais d'invoquer Dieu. Avant tout propos, tu te places sous son égide par de discrets acronymes tracés en haut à droite d'une écriture cursive nette et fluide. Tu t'exprimes en hébreu dans un style châtié, parfois un peu ampoulé. Le ton oscille entre l'enthousiasme et la mélancolie.

« Avez-vous remarqué les grands changements qui se sont opérés en moi ? » demandes-tu aux tiens derrière ton deuxième cliché. Tu n'es déjà plus le jeune homme modèle du début. Toujours en costard, tu cultives un look plus cool avec tes lunettes de soleil fumées et une barbe naissante. Ta tignasse montre, elle aussi, des signes d'émancipation. Ça frisotte sur les tempes et au sommet du crâne. L'ensemble de ton apparence témoigne d'un désir irrépressible de lâcher prise. Tu sembles vouloir tenter des choses nouvelles et sortir d'un carcan jugé trop rigide. Cela va avec l'époque.

Ce 13 juin 1971, lors du congrès fondateur du Parti socialiste à Épinay, François Mitterrand appelle à faire la révolution, oui, une révolution, dit-il pour ceux qui auraient mal compris. Le soir même, tu sors d'un cinéma. Tu dois être à Marseille ou à Paris. Une ou plusieurs personnes de sexe indéterminé t'accompagnent. Tu déclares avoir trouvé le film très beau. En chemin, tu n'as pas résisté au besoin d'immortaliser l'événement. Tu es tout content d'avoir déniché un photomaton à cinq minutes de l'université. Tout cela est assez vague. Ceux à qui tu t'adresses n'ont sans doute pas besoin d'en savoir davantage.

Ton goût pour les cabines automatiques remonte à un séjour à Bâle, six mois auparavant. Ça, tu le racontes bien plus loin, au verso d'une photo couchée à l'horizontale entre deux rangées de clones. Ton cahier jongle souvent avec les dates. « Je me suis fait photographier en Suisse ! notes-tu, émerveillé, après cette expérience fondatrice. J'ai eu du mal à ne pas cligner des yeux. » Tu en parles comme si tu venais de réaliser le premier daguerréotype de l'Histoire. As-tu déjà conçu ton projet ?

Tu n'arrêtes pas de voyager, tu cours dans

tous les sens. Partout où tu vas, tu retrouves ta lanterne magique, comme un repère dans l'épaisseur de ta nuit. Tu aimes te produire sur ta scène de nulle part. L'exiguïté du lieu te rassure. La clôture libère ton imagination. C'est ta chambre à toi, ton écritoire, ta chambre noire, ta case de travestissement, un lieu de transformation du réel. Tu nous entraînes dans une épopée cubiculaire, un livre d'intérieur qui mêle réalité et fiction. Tu t'inventes par l'image et te réalises par les mots.

« Salut et bénédiction à vous tous et à vous toutes » – à l'évidence, les B'chiri sont nombreux. Ta famille te manque. Tes frères surtout. Tu te rappelles régulièrement à leur « souvenir » – tu tiens à ce terme, qui ponctue chacun de tes messages. Craindrais-tu d'être oublié ? Tu ne leur demandes rien, à part de conserver tes bustes en cellophane car tu comptes les récupérer un jour. « Prière de les joindre à l'album. » L'album ? Il existe donc déjà. Tu signes « Jaco », un diminutif qui fleure l'enfance, et aussi « Zakine » ou « Zakino ». Tu accumules les surnoms. Ou peut-être les alias.

Le 27 décembre 1971, tu te montres plus disert. Sans t'apitoyer sur ton sort, tu laisses entrevoir un certain abattement. « Le travail est harassant. La fin du trimestre a été très difficile », glisses-tu entre deux banalités. Tu expliques que tu bosses dur pour financer tes études. Où ? À quoi ? Tu ne le dis pas. Tu cherches encore un appartement. La perspective d'un énième déménagement semble t'accabler. Au recto, tu accuses la fatigue. Paupières tombantes, joues creusées, teint hâve. Vu la date, tu pourrais être au milieu des montagnes, quelque part entre Saint-Gall et Genève. Dans tous les cas, un endroit où tu dis qu'« il fait vraiment froid ». Tu t'en plains comme si, dans le pays d'où tu viens, on ignorait ce que c'était. Tu as les accents d'un émigré qui, pour la première fois, mesure dans sa chair le changement de latitude. Tu étais habitué à fuir le soleil et tu expérimentes des journées nappées de gris où l'on ne distingue plus la terre du ciel. Pour tenir dans cette étendue glacée, tu empiles des couches de vêtements. Sous ton manteau zippé à mi-hauteur, on aperçoit une veste, un pull-over, une chemise, un tee-shirt. « Ma tenue d'hiver », proclames-tu.

Un an s'est écoulé. Pour une fois, tu te tiens de profil dans une posture hiératique qui n'est pas sans rappeler les méthodes d'identification judiciaire. Tu veux te mettre en fiche et prendre ta famille à témoin. Tu indiques avoir pris ce cliché le jour de ta sortie de l'hôpital. Tu as adopté un air de circonstance, sombre, flapi et néanmoins stoïque. Tu omets de préciser la nature des soins que tu viens de recevoir. Tu te bornes à les situer à Versailles, sans doute dans le vieil hôtel-Dieu en pierre du boulevard de la

Reine. Selon toute vraisemblance, tu as choisi cet établissement parce que tu habites la banlieue d'à côté, à Chaville, une petite ville des Hauts-de-Seine.

Ton corps ne te sert pas seulement de support. Il parle pour toi. Il conforte ce que tu suggères et supplée à tes silences. Au bout de quatre années, ta joie forcée est devenue inquiétude. Moins de mimiques et de fanfaronnades, moins d'entrain également. Des regrets ? Un accès de nostalgie ? À mesure que tu avances dans ton ouvrage, tu entremêles les différentes périodes de ta courte vie. Tu intercales des tirages couleur sépia, datant de ta jeunesse. Celui notamment où tu parades en uniforme, une photo destinée à une certaine Shula « en souvenir éternel, avec reconnaissance et profonde admiration ». Tu en brandis d'autres qui renvoient à un passé encore plus lointain.

Tu es en train de changer. En date du 20 février 1974, tu n'interprètes aucun rôle, tu ne regardes même pas la caméra. Tu es ailleurs, perdu dans tes pensées. Tes joues se sont empâtées. Tes cheveux recouvrent ta nuque. Ta silhouette tout entière semble plus massive. De l'autre côté de ton rectangle de papier, tu n'as rien écrit. Pas de « souvenirs éternels » ou de « remerciements appuyés ». Tu t'es contenté d'apposer tes initiales.

J'étais déçu. Évidemment. J'attendais des aveux, des révélations, des confidences, un coup de théâtre. Au minimum, un début de réponse à mes innombrables questions. Les billets de Jacob ne contenaient aucun secret, rien en tout cas de répréhensible ou de honteux, ou alors sous une forme codée particulièrement difficile à décrypter. Ils ne fournissaient aucune explication sur ses va-et-vient incessants, aucun détail sur sa vie privée.

Loin d'apporter des éclaircissements, ses échanges épistolaires m'embrouillaient, car ils soulevaient une question troublante : si les photos servaient à la correspondance, qui les avait alors conservées, classées, alignées, collées sur des planches avec minutie, des années durant ? Lui ou les siens ? Un homme en quête de son identité ? Ou une famille aimante qui pour pallier l'absence du fils prodigue communiait devant son effigie ? En bref, qui était l'auteur de l'album ? Le modèle ou son public ? Je me sentais comme le dupé d'une partie de bonneteau. Sur sa pile de vieux cartons, Jacob B'chiri battait et rebattait inlassablement ses cartes en me mettant au défi de le retrouver.

Le moment était venu d'obéir à sa dernière volonté, du moins à celle exprimée sur la dernière page du livre vert.

Des chicanes en béton, des garde-corps en acier galvanisé, deux barrières automatiques, un dos-d'âne et une guérite blindée commandaient l'accès de la rue Rabelais. Une petite table de jardin et un parasol complétaient le dispositif en y ajoutant une touche plus guillerette, mais guère de saison. En cette fin février, les gendarmes postés devant le barrage, pour se réchauffer, tapaient le bitume de leurs rangers et, derrière eux, les gardes étaient calfeutrés dans leur abri en feuilles de verre.

Par crainte d'attentat, l'ambassade d'Israël à Paris ressemblait à un camp retranché. Pour y pénétrer, il fallait prendre rendez-vous, envoyer à l'avance une photocopie de son passeport et laisser derrière soi ses instruments électroniques. Je déposai mon ordinateur et mon téléphone portable dans un casier en fer installé à l'extérieur du bâtiment, avant de me soumettre à un contrôle digne de l'aéroport le plus chatouilleux. À l'entrée, l'album fut le seul objet suspect que le vigile me demanda de sortir de ma besace afin de le déposer sur le tapis mécanique. La perspective de le bombarder aux rayons X m'enchanta. En le voyant disparaître dans la machine, je voulus le suivre sur le moniteur pour vérifier qu'il ne renfermait pas quelque microfilm. Il resurgit intact de l'autre côté, sans avoir déclenché la moindre alarme.

Je m'assis sur une banquette, dans un hall en marbre blanc, face à une photographie murale du désert de Judée. En contemplant ce paysage immense que d'aucuns qualifieraient de biblique, ma démarche me parut totalement saugrenue. Pourquoi un diplomate perdrait-il son temps à commenter les portraits d'un parfait inconnu, et à plus forte raison d'un agent, anonyme lui aussi mais qui gagnerait à le rester ? J'en étais là de mes pensées quand un homme d'une trentaine d'années, coiffé d'une kippa tricotée, vint à ma rencontre. Shimon Mercer-Wood exerçait au sein de la chancellerie la fonction délicate de porte-parole. À peine les présentations faites, je lui tendis l'album dont je lui avais déjà parlé au téléphone. Il l'examina avec un intérêt visible. « Quelle histoire ! » s'écria-t-il, en tournant les pages.

Bien meilleur observateur que moi, il repéra des détails qui m'avaient échappé. Comme le nom de Paris inscrit sur le rebord d'un plan exhibé par Jacob et son mystérieux compagnon, ou une chevalière, à moins que ce ne fût une alliance, glissée à son annulaire droit. Le diplomate releva la tête. « Vous savez s'il était marié ? » Je lui fis signe que non. À la vue de la casquette frappée de l'étoile de David, il reconnut l'emblème de la compagnie El-Al. « Mais je ne peux pas vous dire s'il s'agit d'un pilote ou d'un steward. » Il s'exprimait dans un français parfait, teinté d'un léger accent anglais. De façon assez prévisible, le soldat Jacob piqua sa curiosité. Après l'avoir longuement étudié, il conclut : « Ça n'a pas l'air d'être un combattant. » L'insigne cousu à la poitrine correspondait davantage, selon lui, à une unité du génie. Il parvint à lire l'estampille gravée en hébreu, au bas du document : « 70, rue Yaffo, Jérusalem. L'adresse du labo, sans doute. »

Son attention fut attirée par le seul portrait en pied de l'album. Pour une fois, Jacob n'était pas assis à l'intérieur de sa cabine. Il se tenait debout sur un canapé ou un tout petit matelas, dans ce qui ressemblait à une chambre d'enfant ou d'adolescent, décorée avec des posters de stars et des reproductions de tableaux anciens. Quel âge pouvait-il avoir ? Vingt ans ? Moins ? Il portait un short, un maillot blanc et une paire de baskets, ce qui le rajeunissait encore. Shimon Mercer-Wood remarqua aussitôt une vareuse qui traînait par terre. « C'est son uniforme ! Ce garçon devait être toujours à l'armée. » Il réussit à déchiffrer les légendes d'une affiche punaisée au-dessus du lit. « Écosse, Pays-Bas, Danemark… » Il réfléchit : « On dirait plutôt un étudiant. »

Son visage s'éclaira. « Vous avez fait une recherche sur Google en hébreu ? » Il pianota sur le clavier de son ordinateur. « Il y a un chanteur en Tunisie qui porte son nom, mais il est décédé. » Un artiste de Jérusalem, Rafram Haddad, avait réalisé un film sur lui. « Votre projet peut l'intéresser. » Il me communiqua son adresse mail et continua de surfer sur la Toile. Il eut l'idée de consulter l'une des nombreuses pages Facebook dédiées à la généalogie. « Ah, voilà ! » s'exclama-t-il, avant de traduire un post à haute voix : « J'ai entendu dire que l'origine de ma famille est yéménite. Toute information est la bienvenue. » Signé Gadi B'chiri, suivi de ses coordonnées téléphoniques. « Vous devriez l'appeler. S'il a enquêté sur ses ancêtres, ce type peut vous aider. »

En me raccompagnant jusqu'à la rue, Shimon Mercer-Wood promit de consulter les registres consulaires et d'interroger l'une de ses connaissances, un ancien cadre dirigeant de la compagnie El-Al. Je lui exprimai toute ma gratitude. Il balaya d'un geste mes remerciements qui, chez moi, ont tendance à dégénérer en un bafouillage interminable : « C'est aussi pour m'occuper de ce genre de sujet que je suis venu à Paris. » Je faillis lui avouer que c'était justement là où le bât blessait : en fait, je ne savais pas trop quel était mon sujet ni, a fortiori, dans quelle catégorie il rentrait.

Le numéro du généalogiste amateur n'était plus attribué. Rafram Haddad, en revanche, répondit rapidement à mon message. À la fois vidéaste, plasticien et photographe, il vivait désormais en Tunisie, son pays d'origine. Il préférait communiquer en anglais. « *Do we talk about the same Bchiri ? Jacob was a known musician and close friend of my grandfather. Both died, of course.* » Le chanteur né dans les années 1920 symbolisait à ses yeux la vitalité culturelle des juifs de Djerba. Dans son courriel, il disait l'avoir longuement interviewé avant sa mort. Et non, hélas, il ne lui connaissait pas d'homonyme.

Au téléphone, il me révéla qu'il n'avait jamais terminé son documentaire. « *Tragically, the cassettes are gone.* » Il se lança alors dans une explication compliquée, comme quoi il aurait remis les rushes à son professeur de kabbale et celui-ci, par une suite de circonstances trop longue à raconter, les aurait égarés. Je lui dis que son histoire rappelait effectivement l'un de ces contes de la mystique juive auxquels on ne comprend rien. Il se mit à rire, mais d'un rire amer. Décidément, les Jacob Bchiri, avec ou sans apostrophe, avaient le don d'échapper à leurs biographes.

Deux semaines plus tard, Shimon Mercer-Wood m'annonça que ses tentatives auprès d'El-Al n'avaient rien donné. Quant aux registres, il ne pouvait pas les compulser sans l'accord du consul, or celui-ci était absent. Toujours aussi affable, il ajouta : « S'il y a un autre moyen pour vous aider dans votre beau projet, je reste à votre disposition. » Un autre moyen ? Sur le moment, je n'en voyais pas. J'étais à court d'idées.

Découragé, je me lançai dans tout autre chose. Je venais d'arriver à Lussan, un village du Gers, quand je reçus un appel d'une représentante de l'OPEJ. « L'Œuvre de protection des enfants juifs », crut bon de préciser mon interlocutrice qui avait dû sentir mon trouble. Je finis par me souvenir que j'avais écrit à son association, comme on jette une bouteille à la mer. D'un coup, je revis Montredon et ses pins parasols. « On disposait d'une maison à Marseille. On ne l'a plus, déclara-t-elle d'emblée. Je ne peux pas vous dire si l'homme que vous cherchez y a exercé ou non un emploi. Nous ne conservons les archives du personnel que depuis peu. » Nouvelle déconvenue. Dans sa voix, je percevais néanmoins une certaine fébrilité, comme une note optimiste. « La maman d'une collègue a bien connu un certain Jacques B'chiri, dit-elle enfin. Peut-être s'agit-il de la même personne ? »

Je pris une photo d'une page de l'album et la lui envoyai. Elle me rappela quelques jours plus tard. Oui, pas d'erreur possible, c'était lui. La mère de son amie l'avait reconnu et me conseillait de contacter la *hevra qaddisha*, au

Consistoire de Paris. « Ce monsieur y a longtemps travaillé. »

Dans le judaïsme, la « confrérie du dernier devoir » désigne bien plus que des pompes funèbres. Ses membres assistent le défunt. Ils lui apportent aide, protection, secours, comme s'il était vivant. Ils le soulèvent avec délicatesse, le déshabillent, l'étendent à même le sol, et jettent sur lui un drap blanc, tout en lui demandant pardon pour l'impudeur, la crudité de leurs gestes. Si le fils ne l'a pas déjà fait, ils ferment ses yeux et sa bouche, tournent son visage vers le ciel, orientent ses pieds en direction de la porte, prêt au départ. Ils allument une bougie, la déposent à proximité de sa tête, et, à la lumière de la petite flamme en train de s'éteindre, procèdent à la toilette en versant de l'eau tiède sur chaque partie du corps, avec une infinie lenteur, sans jamais le découvrir en entier, sans oublier ses ongles ni les replis de sa chair. Ils le sèchent avec un linge de coton et le revêtent d'un linceul. Ils accompagnent son cercueil. Ils veillent sur lui et défendent son intégrité jusqu'au bout, jusqu'à l'enterrement, jusqu'à la dernière pelletée de terre. Ils accomplissent une mitzvah, un commandement religieux, un acte d'autant plus méritoire que l'objet de tous leurs soins ne pourra pas leur rendre la pareille. Ils font un travail louable, courageux, mais difficile, ingrat, qui les expose à la violence, à l'obscénité de la mort et à la douleur, à l'incompréhension des proches.

Ma famille n'a jamais eu recours à leurs services. Écartelée entre le Dieu des juifs et celui des chrétiens, elle n'a recours au service de personne. Chez nous, la mort n'a pas le droit de cité. La mort, nous la refusons, et tout ce qui va avec : les condoléances, les prières, les vêtements de deuil, les recueillements. Même les funérailles. Pas de cortège, aucune forme de commémoration. Mes grands-parents paternels furent enterrés à la sauvette, presque sans témoin. Sans moi ni ma sœur, en tout cas. Pour notre bien, nous a-t-on dit. Pour ne pas nous attrister davantage. Ils reposent dans l'une des nécropoles immenses du sud de Paris, tellement grandes et anonymes qu'elles ressemblent à des charniers. J'ignore où se trouvent leurs tombes et si même elles existent encore.

Comment Jacob B'chiri vivait-il sa proximité avec les morts ? Je ne pourrais jamais le lui demander. Shimon Mercer-Wood avait enfin retrouvé sa trace dans les dossiers de l'ambassade. « Il est décédé le 24 mai 2014, à Paris, m'écrivit-il. Il a été inhumé en Israël, à Beer-Sheva. Je regrette de ne pas pouvoir vous fournir des informations plus satisfaisantes. »

J'avais beau m'y attendre, la nouvelle m'affligea. C'était comme si je venais de perdre non pas un ami, le mot est trop fort, ni même une connaissance, mais un familier, quelqu'un dont la présence m'était devenue habituelle et à laquelle j'accordais une importance que j'ai toujours du mal à expliquer. La confirmation de son décès faisait ressortir avec encore plus de force la jeunesse et l'énergie qui émanaient de son album. Dans un raccourci saisissant, ses multiples visages résumaient une vie et exprimaient une vérité désormais inaccessible.

À sa mort, il n'avait que soixante-six ans. Le registre consulaire indiquait qu'il était né en Tunisie, le 1er janvier 1948. Une date probablement approximative, selon Shimon Mercer-Wood : « On inscrit le 1er janvier quand on ne connaît pas le jour exact de la naissance. » Le diplomate ne savait pas non plus en quelle année Jacob B'chiri avait émigré en Israël, ni s'il avait des enfants. Il me suggéra de retrouver l'entreprise responsable du rapatriement de son corps. « Ils ne sont pas nombreux à faire ça. Quelqu'un les a mandatés. Ils pourront peut-être vous donner son nom. »

La productrice était en effervescence : « On va pouvoir enfin obtenir son état civil. Il suffit de contacter la mairie de Paris. Dans une semaine ou deux, tout sera en passe d'être résolu. » De son côté aussi, ça avançait. Elle avait présenté le projet à une chaîne et trouvé un réalisateur. Elle proposait que nous travaillions ensemble, ou plutôt parallèlement. « Ce sera une écriture à deux voix », me dit-elle. Devant mon interrogation, elle précisa : « Lui va partir sur quelque chose de très fictionné. Ton truc à toi sera davantage axé sur le réel. » Je ne lui demandai pas comment elle comptait fusionner nos deux récits. J'aurais dû.

Je découvris son mail un matin dans un bus. « On peut se joindre ? Tu es dispo ? J'ai des infos. Il est mort dans la rue. » En pièce jointe, figurait un certificat dressé par un fonctionnaire municipal :

> « Le vingt-quatre mai deux mil quatorze, nous avons constaté le décès dont la date n'a pu être établie de Jacques B'chiri, domicilié à Paris, neuvième arrondissement, 21, rue Clauzel, né à Djerba (Tunisie), le 4 juin 1948, responsable du service communautaire, fils de Khamaïs B'chiri et de Miziana Bittan, décédés. Divorcé de Rosine Fishman. Le corps a été retrouvé à Paris, treizième arrondissement, 53, rue de Patay. »

En France, il se faisait donc appeler Jacques, plutôt que Jacob, et il était originaire de Djerba, comme le chanteur. Mais pourquoi, s'il habitait le neuvième arrondissement, avait-il succombé loin de chez lui et apparemment seul, en l'absence de tout témoin ? L'acte était cosigné par un médecin légiste de l'hôpital Lariboisière, à l'issue vraisemblablement d'une autopsie destinée à établir les causes de la mort, comme chaque fois qu'un doute subsiste.

Tout s'accélérait en même temps, comme dans un sprint final. Quelqu'un était enfin prêt à me parler de Jacob. Un homme engagé lui-même dans une course contre la montre. Un homme débordé. Pas par la vie. Par la mort. Une mort exactement à l'inverse de celle qui a l'éternité devant elle, une mort impatiente, une mort qui n'attend pas. Le rabbin Aimé Atlan s'occupait de la mort avant la mort. Au Consistoire de Paris, il dirigeait la *hevra qaddisha.* Lors de notre premier échange, il avait interrompu mes explications confuses d'un : « Venez-en au point qui vous amène. » Il connaissait mieux que quiconque la difficulté de conclure.

Il me reçut dans un bureau haut de plafond, aux murs jaunâtres, qu'il partageait avec son assistante. « Je n'avais pas votre numéro, sinon j'aurais décalé le rendez-vous », me dit-il, le regard rivé sur son ordinateur. Une barbe grise finement taillée, de grandes lunettes rondes, une calotte noire vissée sur la tête, le rabbin Atlan était constamment dérangé par le téléphone. Ses doigts tambourinaient sur la table, tandis qu'il scandait des « oui » dans le combiné. Entre deux coups de fil, je lui expliquai m'être perdu dans les couloirs. Il sourit pour la première fois. « Se perdre au Consistoire, c'est très dangereux », ironisa-t-il. Comme aux autres, je lui montrai l'objet. Il le parcourut en un clin d'œil. « C'est bien lui, en plus jeune, et c'est son écriture. » Il fut pris soudain d'une violente quinte de toux, se leva de sa chaise et disparut dans un réduit sans fenêtre. « Il vient de subir une intervention chirurgicale », me glissa son assistante assise près de la fenêtre. À son retour, je lui parlai de Jacob, il me corrigea :

« J'ai connu Jacques », me dit-il.

Afin de m'assurer qu'il n'y avait pas d'erreur, je le fis répéter. Il soupira.

« Jacques ou Jacob, c'est pareil.

— Que faisait-il au sein de votre association ?

— La même chose que moi. Il était le directeur du service. Il a dû rester à ce poste une vingtaine d'années. »

Il insista sur la dureté de leur tâche : « Dans le judaïsme, l'inhumation doit se faire le plus rapidement possible. Lors d'un décès, tout doit aller très vite. Les gens sont dans la détresse. Ils vous appellent nuit et jour, y compris le week-end. Vous en prenez plein la tête et devez répondre aux demandes toutes plus extravagantes les unes que les autres. Nous mettons les familles en rapport avec les pompes funèbres qui sont parfois… enfin… des croque-morts, quoi, des commerçants. En un mot, ce n'est pas simple. »

Le rabbin Atlan était quelqu'un qui allait au plus court. Il me parla de son prédécesseur sans louvoyer : « Il était très gentil, très serviable, c'est ce qui l'a tué. Il travaillait sans arrêt, sans arrêt, répéta-t-il. Cet entretien, vous ne l'auriez pas eu avec lui. Ses téléphones portables sonnaient toutes les trente secondes. Il en avait deux. Les gens se moquaient de lui. Ils lui disaient : "Pourquoi en as-tu autant ? C'est pour pouvoir t'appeler ?" Moi, je n'en ai qu'un seul. Le samedi soir, après le shabbat, je me suis arrangé pour gérer les choses à distance. Lui revenait ici. »

Il me révéla que Jacques, puisque c'est ainsi qu'il convenait de l'appeler à ce moment de son existence, dormait régulièrement dans cette grande pièce éclairée au néon, à la peinture défraîchie, sobrement meublée, dotée d'un petit réfrigérateur mais dépourvue de fauteuils ou de canapé. Il s'agissait, selon lui, d'un homme très solitaire. « Dans sa tête et dans la vie aussi. Pour moi, il n'était pas du tout fait pour ce travail. » Il avait dit cela d'un ton qui n'admettait pas de réplique, telle une évidence. « Tenez, moi, je suis zéro papier. Il conservait les trucs les plus improbables. Tout pour lui était… » Il cherchait un mot susceptible de le résumer mais ne le trouva pas.

Et puis, comme s'il voulait atténuer ses propos, il brossa le portrait d'une personnalité « complexe », « touche-à-tout », intéressée à la fois par le dessin et l'architecture. « C'était quelqu'un d'un peu artiste », poursuivit-il, sans que je sache ce que cette expression signifiait dans sa bouche. Formulait-il un compliment ou une critique ?

Notre entretien touchait à sa fin lorsqu'il m'annonça : « Il a deux enfants, je ne sais pas si vous êtes au courant. » Je lui répondis que je l'ignorais, mais que je serais ravi d'entrer en contact avec eux. Il me proposa de téléphoner à son fils devant moi. Il parvint à le joindre facilement et lui récapitula l'histoire en quelques mots. En reposant l'appareil, il parut soulagé. « David attend votre appel. On ne sait jamais. Autant agir en toute transparence si on veut éviter un procès ». Son ton semblait empli de sous-entendus qui m'échappaient totalement.

La chambre que l'on te prête te sert d'atelier. Tes tableaux ne réclament ni palette ni chevalet. Un coin de table te suffit. Pas besoin non plus d'une paire de ciseaux. Pour découper tes bandes de papier, tu les déchires à la main ou à l'aide d'une règle, après les avoir pliées en deux, d'un geste leste. Dans ton travail, comme dans le reste, tu privilégies l'immédiateté, la fulgurance. Tu sépares les images les unes des autres sans trop respecter leurs contours. Il t'arrive même de mordre sur celle qui suit. Tu les mélanges comme les pièces d'un puzzle et les disposes sur une page blanche dans un désordre étudié, en prenant soin d'alterner les époques, les chevelures, les modes, les postures.

Tu es ton propre modèle. Tu te places toujours au cœur de ton œuvre. Quand tu admets quelqu'un à tes côtés, tu ne lui laisses qu'un rôle de figuration. Tu exhibes ton visage, ton buste, parfois tes mains, de grandes pognes vigoureuses et impatientes. Pourquoi aller chercher ailleurs ? Un homme en vaut un autre et toi, au moins, tu es là, disponible, corvéable à merci. Seul face à ton reflet, tu ne cherches pas à t'embellir ou à te magnifier. Même quand tu mets tes lunettes noires, ta casquette de pilote, ton uniforme de soldat ou ton bonnet de laine, tu te montres tel que tu es.

Tu souris ? Parce que c'est plus gai, voilà tout ! L'humeur est à la fête, surtout là où tu passes désormais tes journées. Tu es étudiant dans une université, quelque part en Europe. Que tu sois dans un campus en béton ou un vieux palais encombré de statues, tu as choisi le bon moment. Tu fais partie des héros du jour, de ceux qui paradent et entraînent les foules. Tu te retrouves au milieu d'une kermesse géante, drôle et bordélique. Autour de toi, règne un immense désir de créer, de refaire le monde, de subvertir l'ordre existant. L'imagination est au pouvoir. La beauté s'affiche dans la rue. L'art est à tout le monde et tout le monde s'en réclame. Toi comme les autres.

Tu t'intéresses un peu à tout. À la photographie, bien sûr, et aussi à la peinture, à la sculpture, au dessin. Tu inventes des formes, tu aimes jouer avec les espaces et la lumière. Au vu de tes goûts disparates, tu pourrais être aussi bien inscrit en architecture qu'en arts plastiques. Tu hésites sans doute. Quel que soit ton choix, ton engagement est total. À ta façon, tu reproduis le modèle rimbaldien de l'artiste maudit. D'un roi sans royaume, un génie solitaire et si possible incompris. Tu mènes une vie de bohème sans te soucier du lendemain. Un jour ici, un autre là. Pas d'adresse fixe, ni de famille à proximité. Tout ce que tu possèdes tient dans une valise. Aucune attache. Tu es libre.

Et pourtant, dans ton art, tu n'agis pas, tu es agi. Tu ne vois pas, tu es vu. Chaque semaine, tu t'abandonnes à un agencement de métal composé de boulons, de tiges, de cylindres, de clapets et d'un tas de substances chimiques. Tu as opté pour une photographie sans photographe, une œuvre sans auteur. Tu ne le dis peut-être pas comme ça, du moins pas en ces termes, et il est probable que tu n'as pas encore entendu parler d'Andy Warhol dont tu suis la trace, parce que les idées, comme le pollen, flottent dans l'air, mais comme lui, tu veux être une machine, tu veux te détacher de toute action physique, t'émanciper du beau geste, du savoir-faire académique. Tu aspires à n'être qu'un flux de photons fixé sur une plaque. Le slogan publicitaire de la firme Kodak te convient parfaitement : « Pressez le bouton, nous ferons le reste. » Tu le sais, depuis ton passage à Rome : une étincelle de vie peut être donnée par un simple effleurement du doigt.

Tu te considères comme une machine attelée

à une autre machine. À l'œil humain, toujours trompeur, tu préfères une technologie fonctionnant sans intervention extérieure. Tu apprécies sa sobriété qui confine au dépouillement et, surtout, son aveuglement, sa froide neutralité. On devine que tu te sens différent, parfois même rejeté. Comme tous les êtres un peu à part, tu souffres du regard d'autrui. Cet œil-là ne te juge pas, il n'est pas hautain, ni méprisant. Il t'offre un espace intime où t'exprimer, un univers autarcique et protecteur. Face à lui, tu peux faire ce que tu veux, te livrer à tes pensées mélancoliques, comme à tes bouffonneries. Qu'importent la mauvaise qualité du papier, le tirage grossier, le cadrage attendu, au moins ton robot renvoie-t-il de toi une image plutôt fidèle. C'est peut-être ça qui t'a séduit : cette banalité que l'on pourrait qualifier de kitsch, cette grisaille anonyme et familière.

Tu as détourné un instrument de la culture populaire, accessible à tous vingt-quatre heures sur vingt-quatre. Quel que soit l'endroit où tu habites, il y en a toujours un au coin de la rue. Il ne faut pas non plus négliger un dernier aspect pratique. On comprend à la maigreur de ta garde-robe et à tes déménagements incessants que tu ne roules pas sur l'or. La cabine argentique constitue un moyen peu onéreux et rapide d'avoir un portrait. Tu es une sculpture vivante qui ne coûte que quatre francs et apparaît en trois minutes. À cette vitesse et à ce prix-là, tu peux devenir un produit de masse. Bientôt, tu seras dupliqué en plusieurs centaines d'exemplaires. Et, paradoxalement, chacune de tes photos demeure unique, à l'égal d'une toile de maître. Ta machine ne délivre aucun négatif. Que du positif.

Ce n'est certainement pas un hasard si ton engouement pour les photomatons intervient en plein essor du body art. À l'instar de nombreux artistes, tu utilises ton corps comme un matériau, un support, un territoire à conquérir ou à libérer. Pareille à une émulsion où tout vient se fixer, ta chair enregistre le temps qui passe. Dans tes yeux, défilent les lieux que tu visites et les gens que tu rencontres. Tes meurtrissures à la lèvre inférieure et au bas-ventre racontent les traumatismes que tu as subis. Tu tiens un journal intime. Un bloc-notes corporel. Tu retournes inlassablement devant ton miroir et tu te regardes vieillir à la manière d'un Rembrandt. Comme tu ne cesses de l'écrire au revers de tes photos, celles-ci ne disent qu'une seule chose : « C'est moi ! » Moi adolescent, moi soldat. Moi voyageur, étudiant ou plasticien.

Pourquoi alors cette partie de cache-cache ? Pourquoi te dérobes-tu sans cesse ? Plus tu t'exposes, moins tu te divulgues. Tu n'es à chaque fois ni tout à fait le même, ni tout à fait un autre. C'est toi et ce n'est pas toi. Ça pourrait être n'importe qui. Éternelle dialectique de la présence et de l'absence. Tu enchaînes des archétypes, tu enfiles des clichés, justement. Tu sembles imiter des stars de cinéma, des gens vus à la télé ou dans les journaux. Ton cahier pourrait presque servir d'atlas de la gent masculine des années 1970.

Tu es un précurseur. Tu annonces nos selfies. Un « soi-même fit ». Ces jours-là, au moins, tu savais où tu étais et ce que tu faisais. Pris de face, de profil ou de trois quarts, sur un fond vide, tu témoignes d'une solitude humaine ordinaire.

Tu ne te contentes pas d'interroger l'omniprésence de l'image dans notre société de consommation, tu questionnes aussi la notion même d'identité. L'autoportrait conduit fatalement à une introspection, à la poursuite d'une vérité à la fois universelle et singulière.

Pour ressentir le besoin d'accumuler une série à ton effigie, tu as dû être dépossédé de toi-même. Par définition, on ne collectionne que ce qu'on n'a pas. Tu nous entraînes dans une quête ontologique. Comme tout le monde, tu veux savoir qui tu es et d'où tu viens. Tu espères débusquer quelque chose en toi que tu ignores, un spectre indiscernable à l'œil nu qui ne serait perceptible que par la magie d'un daguerréotype. À la manière de ces ufologues qui scrutent le ciel avec leur caméra, tu traques ton ovni intérieur.

D'autres, en se multipliant, s'efforcent de

disparaître. Toi, tu tentes de te reconstruire, de recomposer à l'infini ton image morcelée. Flash après flash, tu renais enveloppé d'une nouvelle écorce. Chacun de tes visages successifs traduit une possibilité que tu portes en toi.

As-tu jamais exposé ton musée imaginaire ? Tout nous invite à croire que non. Qui d'autre à part ta famille, ta mère, tes frères et sœurs, a pu lire et examiner avec attention ton album, ou devrais-je dire ton installation, cet objet étrange qui mêle images, productions tégumentaires et textes ? Sans doute personne. Était-ce par un refus du système marchand ou une forme de pudeur ? Tu l'as enterré, ou simplement rangé au fond d'une bibliothèque, en le cachant parmi d'autres volumes, selon le principe édicté par Edgar Poe dans sa nouvelle « La lettre volée » – la meilleure cachette étant ce qui saute aux yeux –, afin qu'il soit exhumé un jour et atteste de ton passage sur cette terre. Tu savais ou tu pressentais qu'un succès éventuel ne durait que quelques secondes, comme l'éclair qui inondait ton buste dans ton automate en métal. Tu as préféré l'enfermer quelque part, dans une capsule temporelle, à la façon, encore une fois, d'un Andy Warhol. Un trésor finit toujours par être redécouvert.

Après m'avoir écouté, David s'exclama : « C'est assez incroyable ! » Au téléphone, sa voix jusque-là calme et posée devint hachée. Quand je voulus reprendre ma tirade, il m'interrompit d'un « OK ! », comme s'il criait pouce. Il cherchait à recouvrer ses esprits. « Puis-je vous demander comment cet album est arrivé entre vos mains ? » Je pensais le lui avoir dit. Je repris, lentement. Il marqua à nouveau un temps d'arrêt. « Je… Je suis un tout petit peu ému », finit-il par lâcher. Son emploi de la litote me toucha.

Il était troublé, évidemment. Troublé d'entendre soudain quelqu'un lui parler de son père. « C'est rare que l'on évoque sa mémoire », regretta-t-il. Sa stupeur tenait aussi à autre chose. Que cela se produise à ce moment précis de l'année. « Ça va faire cinq ans qu'il est mort. » Nous approchions du 24 mai, la date inscrite par défaut sur l'acte de décès. « À cette période, ma sœur et moi avons l'habitude de nous rendre sur sa tombe à Beer-Sheva. Mais là, ça va être difficile. » Je sentis que, pour lui, cette coïncidence qui m'avait échappé n'en était pas une. Il y voyait un signe. Un présage. Nous décidâmes de nous retrouver le surlendemain avec sa sœur, Shirley. Il prononça alors des paroles sibyllines : « Je ne veux pas paraître mystérieux, mais vous êtes tombé sur une pièce de musée. La vie de mon père est assez muséale. Je ne suis pas sûr de tout pouvoir vous raconter, car je ne suis pas sûr de tout savoir. »

Je n'ai jamais compris pourquoi il fallait garder la bouche fermée sur les photos d'identité. La règle réitérée par toutes les instances officielles prévaut depuis les premiers tableaux synoptiques d'Alphonse Bertillon, le fondateur de l'anthropométrie judiciaire, cette pseudoscience qui consiste à mettre en fiche un suspect, à le démasquer, le confondre (curieux, ce verbe employé également quand on se trompe de personne) et même à révéler sa dangerosité à partir de ses traits physiques, comme si une expression supposée neutre, un air sévère ou absent, facilitait la reconnaissance faciale et, plus encore, la compréhension d'un individu, alors que ce serait, à mon sens, le contraire.

J'identifiai David à son sourire direct, contagieux, à la fois épanoui et serein, le même que celui de son père, et dont il semblait lui aussi ne jamais se départir. Il m'avait fixé rendez-vous en fin de journée, dans un café à côté de son bureau, en face de l'église de la Trinité. Il occupait une table isolée près du comptoir. La trentaine, une barbe taillée avec soin, des yeux vifs, brillants, il travaillait pour une grosse société de conseil dans le secteur du numérique. Il proposa d'emblée que nous nous tutoyions.

J'étais intrigué. Lui aussi. Je venais avec mes questions. Il avait les siennes. Lorsque je lui tendis ce qu'il appelait sa « pièce de musée », il stoppa mon geste. Il préférait que sa sœur soit là. « Shirley ne va pas tarder. Elle n'habite pas loin. » Je reposai devant lui la relique volumineuse, à la couverture desséchée, sillonnée de minuscules ridules, encore plus pesante que d'ordinaire. Il la contemplait pour la première fois. Il ignorait même que son père s'intéressait à la photographie. C'était comme s'il découvrait tout un pan de son existence. « Pour info, je n'ai aucun portrait de lui avant ma naissance. » Je perçus chez lui une attente mêlée d'inquiétude. Il semblait redouter ce qu'il allait trouver dans cet objet surgi d'outre-tombe.

« Je ne crois pas au hasard ! » lança-t-il en exhibant à son tour un gros carnet à la couverture en moleskine. Il fit défiler sous mes yeux des pages et des pages remplies de petits rectangles noirs et blancs de trente-cinq millimètres de large et quarante-cinq millimètres de hauteur. Des photomatons. De lui. De sa compagne qu'il allait épouser quelques mois plus tard. De leurs deux enfants en bas âge. David me raconta que son père se passionnait pour la psychogénéalogie, une théorie selon laquelle nos comportements étranges ou inexplicables, nos échecs récurrents, voire nos maladies, reflètent les traumatismes endurés par nos aïeux et transmis aux générations suivantes, le plus souvent de façon inconsciente. « Il n'avait peut-être pas tort ! » dit-il. Je n'étais pas loin de penser comme lui.

Shirley apparut, essoufflée. Des cheveux bouclés, blond cendré, une salopette multipoches bleu marine, un visage chaleureux et expressif, elle s'excusa de son retard. Ses trois enfants étaient encore petits et elle avait dû attendre l'arrivée de la baby-sitter. Elle ouvrit l'album avec précaution, en soulevant la couverture du bout des doigts.

« Pas de doute, c'est son écriture », s'écria-t-elle à la vue des étiquettes.

David regarda la planche de droite et s'arrêta sur l'une des premières images, celle d'un jeune homme barbu à la chevelure fournie, dont la figure radieuse témoignait d'une vitalité, d'une joie intérieure.

« En tout cas, il me ressemble !

— C'est lui à ton âge. »

Sa sœur lui décocha un regard attendri. Il revint en arrière, déchiffra des adresses, égraina quelques noms.

« Gisèle, Danny, ils sont toujours vivants ! Nissim, ça me dit quelque chose. »

Autour de nous, les gens s'étaient mis à parler plus fort. C'était l'heure de l'apéro. Le tintement des verres, des rires, des bouts de conversations décousues couvraient nos voix et nous obligeaient à rapprocher nos sièges. Shirley poussa un cri :

« Il fume ! Il m'a fait la guerre en me disant qu'il n'avait jamais touché une cigarette. »

Elle sanglota tout bas dans la serviette de table.

« Bien sûr qu'il a fumé », assura son frère avant d'essuyer une larme à son tour.

Il passa un bras derrière son épaule et continua de tourner les pages.

« Cette cravate, je l'ai ! Ce manteau aussi... »

Progressivement, David reprenait prise. À l'instar d'un alpiniste qui a besoin de creux, de saillies pour ne pas tomber, il cherchait des points d'appui. Dans ces détails vestimentaires, il trouvait des petits riens qui lui permettaient de relier passé et présent, d'introduire du familier là où régnait l'inconnu.

« Cette bague, je l'ai vue quelque part. »

Jacob avait-il anticipé ce dialogue en noir et blanc ? Il semblait interpeller ses enfants par images interposées. C'était comme s'il tentait de leur dire quelque chose qu'il n'avait pas pu exprimer de son vivant.

« Il était très discret », souffla sa fille. Elle

examina l'un de ses derniers clichés, celui où par un jeu d'emboîtements, pareil aux poupées russes, il posait avec, dans la main, le portrait couleur sépia d'une personne plus âgée, vêtue à l'orientale. « C'est son propre père ! C'est Khamaïs ! » Un homme dont la mort à l'âge de cinquante ans avait scellé le destin de toute une famille.

Le frère et la sœur retracèrent en quelques phrases l'infortune des B'chiri. « On n'en connaît pas les détails, prévint Shirley. Tout ce que l'on sait, on le tient de nos cousins. » Leur récit laconique, fragmentaire, plein de doutes, d'hésitations, pouvait se résumer d'un mot : la perte. Un deuil, un déclassement, puis l'exil et le vide qui en résultent. Jacob était un orphelin arraché à sa terre, élevé loin des siens. David reprit : « Son histoire est celle d'un déracinement. »

Pour comprendre le choc qu'il va subir, il faut se représenter d'où il vient. D'un banc de sable, piqué de palmiers et d'oliviers, caressé par des vents zéphyriens. Djerba la douce, comme on le répète dans les dépliants touristiques, une terre plate, dépourvue de toute aspérité, qui, du ciel, ressemble à une main aux doigts tendus vers le continent. Une main porte-bonheur. Dans ce refuge, entouré de hauts-fonds, les juifs cohabitent en paix depuis des siècles avec leurs voisins musulmans. Au moment où commence cette histoire, ils atteignent un pic démographique. Leur nombre ne fera que décroître durant les décennies suivantes, au gré des guerres israélo-arabes et des poussées de haine et de violence qu'elles susciteront.

À la fin des années 1940, ils sont près de quatre mille cinq cents à vivre soudés autour de leurs rabbins, dans deux lieux distants de quelques kilomètres à l'intérieur des terres : Hara Sghira et Hara Kebira, le grand et le petit « quartiers », l'équivalent des ghettos dans le dialecte tunisien, mais le terme est impropre. Il vaudrait mieux parler de *shtetl* pour décrire ces deux bourgades aux ruelles sinueuses, des petits mondes à la fois rivaux et intriqués. Chaque village compte plusieurs synagogues, un bain communal, de grands cimetières et des *heder* où l'on enseigne aux garçons – les filles en sont exclues – l'hébreu et la Torah. Il y a aussi les vendeurs de bricks et de beignets, le four qui garde au chaud les repas du shabbat, le circonciseur et le spécialiste de l'abattage rituel, ces deux fonctions étant parfois occupées par la même personne. Plus des forgerons, des tailleurs, des cordonniers, des bijoutiers… Des gens pieux, souvent misérables, qui portent encore le gilet, le pantalon bouffant et la chéchia, alors qu'à Tunis leurs coreligionnaires ont depuis longtemps adopté la tenue occidentale. Tout cela, je l'appris par la suite, dans des livres ou des revues.

Jacob voit le jour dans un cocon, un espace clos, protecteur, pas seulement une île, mais au sein d'une communauté repliée sur elle-même, une île à l'intérieur de l'île. Son père se prénomme Khamaïs, littéralement « Les Cinq », autant que les doigts d'une main. Il s'est marié sur le tard à quelqu'un de beaucoup plus jeune que lui, Miziana. « Elle avait treize ans quand il l'a épousée », s'exclama Shirley sur un ton indigné. À Djerba, les femmes ne quittent pas l'enceinte de la maison et les naissances se suivent, sans répit, année après année. Les voilà bientôt avec cinq filles et quatre garçons. Heureusement, ils vivent dans une relative opulence. Khamaïs possède un garage et son affaire marche bien. Dans cette société traditionnelle, il incarne la modernité : l'automobile, la route, la vitesse, autant de symboles vantés par le pouvoir colonial. Malgré son mariage avec une jeune fille à peine pubère, il montre une certaine ouverture d'esprit et n'hésite pas à braver les religieux qui frappent d'anathème l'éducation profane. Son troisième fils, Jacob, fait partie des rares enfants juifs à aller à l'école française de Houmt Souk, le chef-lieu de l'île. À l'époque, celui-ci ne s'appelle pas Jacob, ni Jacques, mais Zakine, « Le Vieux » en arabe, un autre sobriquet destiné à protéger le nouveau-né contre le mauvais œil en lui prédisant une longue vie. Des vies, il en aura finalement plusieurs, à chaque fois sous des prénoms différents.

Sa première vie prend fin à neuf ans. Le 17 mai 1957, Khamaïs succombe brutalement. À une crise cardiaque, selon certains. Un accident de voiture, lors d'une virée entre amis, selon d'autres. Cette dernière version fait jusqu'à maintenant polémique, car le drame intervient en plein Lag Ba'omer, une fête commémorant le grand mystique Shimon bar Yo'haï, auteur du *Zohar*, le Livre de la splendeur. Un événement considérable à Djerba qui donne lieu au pèlerinage de la Ghriba, l'une des synagogues les plus anciennes et les plus sacrées d'Afrique du Nord. En un tel jour, on ne prend pas le volant, surtout pour aller jouer aux cartes avec des copains.

Miziana attend alors son dixième enfant. Dans quelques mois, elle accouchera de son dernier fils, Moshé. Elle est encore enceinte quand elle quitte la maison familiale. Du jour au lendemain, elle se retrouve déshéritée, dépouillée de ses biens. Par qui ? Pour quelle raison ? Comment ? « On ne sait pas trop, bredouilla Shirley. Notre grand-mère était illettrée, c'était facile de la mettre à la porte. » La jeune veuve repart de zéro dans une Tunisie qui vient de recouvrer son indépendance. Ce bouleversement plein d'espoir, mais lourd d'incertitudes pour la population juive, doit ajouter à son désarroi. Incapable d'élever seule sa vaste progéniture, la jeune mère décide d'envoyer Jacob en Israël. Elle le confie à l'Agence juive qui organise l'émigration de la diaspora. Pourquoi lui ? Est-ce parce qu'il peut espérer ainsi poursuivre ses études ? Dans les contes populaires, c'est souvent le troisième fils qui part à l'aventure et traverse les océans. Quel âge a-t-il ? David l'ignorait. « Onze-douze ans », hasarda sa sœur.

Nulle photo n'immortalise son long périple. Je ne peux que l'imaginer dans le bac qui relie Djerba au continent, accoudé au bastingage, en train de voir son univers ravalé à un simple trait gris à la surface de l'eau, et puis assis à l'arrière d'un camion, en route vers le nord, couvert de poussière, comptant les bornes kilométriques afin de passer le temps ou de mesurer la distance qui le sépare des siens. De Tunis, il embarque forcément pour Marseille, prend un autre bateau à destination d'Israël, et arrive enfin dans un lieu qui ne ressemble à rien de ce qu'il a pu connaître. En toute probabilité, une grosse ferme entourée de grillages. Des bâtiments bas au toit rouge, une tour de guet, un château d'eau, des tracteurs et des charrues à disques entreposés sous un auvent, des hangars remplis de sacs d'engrais et de barils de mazout. Je suppose que ce sont les garçons et les filles qui retiennent le plus son attention. Des jeunes des deux sexes, au teint hâlé et à l'allure sportive, en bottines et en shorts remontés presque jusqu'à l'entrejambe, frayant ensemble, l'air de rien, comme si cela allait de soi.

Il est accueilli par un « kibboutz », précisa Shirley. Il va y passer son adolescence. Sur le moment, elle ne fut pas en mesure de me dire lequel, ni comment son père avait vécu une telle révolution. Le travail aux champs, la salle à manger collective, le dortoir, le sentiment de solitude quand le soir, après la douche, les autres enfants retrouvent leurs parents, les assemblées houleuses, et les injonctions sans cesse martelées de faire table rase du passé, d'oublier sa culture, ses traditions, sa langue, a fortiori lorsqu'elle se confond avec celle de l'ennemi, et de devenir un nouvel homme, un soldat-laboureur, un pionnier, doté d'une nouvelle identité, d'un nouveau prénom : Jacob, ou plutôt Yaaqov. Non, apparemment, leur père ne leur avait pas non plus parlé de tout ça.

« Et quand il arbore l'uniforme, en quelle année sommes-nous ? demandai-je.

— En 1967 », répondirent-ils en chœur.

Ce n'est pas un simple appelé, contrairement à ce que je pensais. Son service, il l'accomplit dans les Golani. En entendant Shirley prononcer le nom d'une des brigades les plus célèbres d'Israël, je fus stupéfait. Je ne le voyais pas dans une unité combattante, et encore moins dans un corps qui sert encore aujourd'hui de vivier aux forces spéciales. Jacob est un fantassin. Il prend part à la guerre des Six Jours et, sans doute, à la lutte plus sourde, plus clandestine, menée dans la foulée contre les fedayin palestiniens. Sa taillade à la lèvre inférieure correspond à un éclat d'obus. Dans l'explosion, il a perdu deux molaires. Il portera longtemps un appareil dentaire. Les séquelles les plus graves demeurent invisibles. Ses enfants en étaient persuadés : il souffrait d'un stress post-traumatique. Il en avait tous les symptômes : ses angoisses, ses silences, son repli sur lui-même.

« Pendant longtemps, il n'a pas supporté la vue du sang », souligna sa fille.

Après ses trois années sous les drapeaux, il souhaite pourtant rester dans l'armée. Il rêve de devenir pilote de chasse. Ses tentatives échouent. En dépit de ses états de service, il ne remplit pas les conditions requises. Il en nourrit une grande amertume et attribue le rejet de sa candidature à ses origines, à son patronyme à consonance arabe, à sa peau mate. Que sa colère soit fondée ou non, elle fait écho à celle de nombreux jeunes séfarades qui, au même moment en Israël, ne veulent plus être traités comme des citoyens de seconde classe et dénoncent l'ostracisme dans lequel ils sont tenus par l'establishment ashkénaze. Démobilisé, Jacob suit des cours à l'Université hébraïque de Jérusalem et, très vite, décide d'aller voir ailleurs.

En 1970, il débarque à Marseille et entame des études d'arts plastiques, avant de déménager à Paris et de bifurquer vers l'architecture.

En parallèle, à défaut d'être pilote, il est agent au sol de la compagnie El-Al et en profite pour voyager un peu partout dans le monde. Le reste tenait en peu de mots. Son mariage avec Rosine Fishman. « Une ashkénaze et un séfarade ! Nous sommes le produit d'un parfait mélange », proclama Shirley. Puis, leur divorce. Une séparation difficile, émaillée de reproches mutuels. Et entre ces deux événements séparés par un quart de siècle, un métier dévorant, qui occupe toute la place et confine à l'obsession. Encore une énigme. Jacob aurait dû être architecte. Son diplôme en poche, il change de cap pour l'énième fois. Il veut œuvrer pour sa communauté. Après avoir enseigné l'hébreu et fait de l'action sociale, il prend la tête de la *hevra qaddisha*, le service funéraire.

« C'était un sacerdoce. Les morts nous ont volé notre père », fit David. Un téléphone qui sonne en permanence, pas de week-end, des vacances sacrifiées, des jours noirs et des nuits blanches. « À la fin, il était même en conflit avec les gens du Consistoire. C'est pour ça que je suis étonné qu'ils vous aient dirigé vers nous.

— Les dix dernières années de sa vie ont été plutôt sombres, avoua sa sœur. Alors que, vous le voyez sur ses photos, c'était quelqu'un de lumineux, de solaire, de foncièrement bon. »

Je me demandai s'il fréquentait ce café, lui aussi. Rendu à sa solitude, il avait emménagé à deux pas de là. Dans une ancienne boutique qu'il fallut vider après son décès, comme toujours en pareil cas. Ses enfants découvrirent un capharnaüm, un bric-à-brac inaccessible, des amas d'objets hétéroclites, des journaux de toutes les époques, qui montaient jusqu'au plafond.

« On a dû pousser des piles de livres et de paperasses pour entrer », se souvint David. Sur la fin, il souffrait du syndrome de Diogène. Il ne jetait rien. « Il disait : "J'en ferai quelque chose un jour." Après avoir rempli des dizaines de bennes, on a arrêté de faire le tri et on a appelé les éboueurs. » Shirley ajouta : « À un moment donné, on n'y arrivait plus et cela nous empêchait de faire notre deuil. »

L'album fut emporté avec le reste. Pourquoi Jacob leur avait-il caché son existence ? Et à quoi correspondaient ses innombrables adresses, ses changements de domicile incessants ? Que faisait-il à Rome, Lyon, Genève, Saint-Gall ou Bâle ? « Oui, il y a un mystère », admit Shirley. « Sa vie comportait beaucoup de secrets que même notre mère n'explique pas », confia David, avant que nous nous séparions. Son père avait effectué le tour du monde, mais n'était jamais retourné en Tunisie.

La productrice me reçut dans son bureau, visiblement contrariée. Elle enrageait de n'avoir pas pu filmer la première rencontre avec les enfants de Jacob. Cette idée, elle l'avait évoquée brièvement, la veille de mon rendez-vous dans un message intitulé « Pensée nocturne ». Abusé par son titre onirique, j'avais cru à une simple suggestion de sa part. Je lui avais écrit que cela me paraissait prématuré. Si un inconnu débarquait à l'improviste et vous montrait des photos de votre père trouvées aux puces, des photos de jeunesse dont vous ignoriez l'existence, tout en braquant sur vous une caméra et un micro directionnel, afin d'enregistrer vos réactions, les sentiments forcément mêlés qui vous envahissent, dans le but de diffuser les images à la télé, si possible à une heure de grande écoute, comment réagiriez-vous ? Moi, je sais : plutôt mal. Elle ne m'avait pas répondu.

Deux semaines après, elle mit fin à mes services. « Le réalisateur doit se réapproprier l'histoire, expliqua-t-elle. L'important, à ce stade, c'est qu'il rencontre les enfants. Si plus tard, on a besoin d'un enquêteur, on fera peut-être appel à toi. » Elle me demanda de lui restituer l'album et de lui communiquer les coordonnées de David. Je devais renoncer également à mes velléités littéraires. Le « sujet » était vendu ou sur le point de l'être. « La chaîne nous impose une clause de confidentialité. » Je lui remis le livre de Jacob, qui disparut à nouveau sous un manteau de silence.

Connais-tu Peter Schlemihl ? Sans même avoir lu son histoire, tu l'as forcément croisé. On l'a tous rencontré un jour. En yiddish, le *schlemiel*, c'est la chèvre, le pauvre type, le malchanceux, le roi des gaffes, celui pour qui rien ne va jamais. Dans le conte fantastique de Chamisso, cet éternel perdant se présente sous les traits d'un jeune voyageur, d'un errant sans le sou, muni d'un mince bagage. À peine débarqué dans un port inconnu, ce garçon poli et discret tombe sur un vieillard en habit gris. Celui-ci lui propose un étrange marché : une bourse magique qui dispense des pièces d'or à volonté, en échange de rien ou presque. Il veut juste son ombre. Comment résister à pareille offre ? Une fortune illimitée contre une des choses les plus évanescentes et impalpables qui soient. Un morceau d'obscurité.

Le diable, car bien sûr il s'agit de lui, n'a aucun mal à convaincre sa victime. L'affaire conclue, il met un genou à terre, soulève la silhouette du jeune homme comme une vulgaire pièce de tissu, la plie en deux, la glisse dans sa poche et disparaît avec. Sur le moment, Peter Schlemihl ne perçoit pas ce qu'il lui arrive. Ce sont les autres qui lui font comprendre l'amputation qu'il vient de subir. Partout où il va, il suscite incrédulité et horreur. Il a perdu son double, le compagnon difforme qui accompagnait ses pas. Pareil à un spectre, son corps ne fait plus image. Ce garçon qui, avant même sa mésaventure, souffrait déjà d'être trop transparent ne renvoie plus le moindre reflet sur le sol. Conspué, rejeté de tous côtés, il vit désormais enfermé dans sa chambre. Il ne reçoit personne et ne sort que la nuit. Devenu un paria, il rêve d'être à nouveau comme tout le monde, c'est-à-dire perdu dans la masse, invisible, non pas en se retranchant, mais en se complétant. Pour cela, il doit retrouver ce prolongement de lui-même qui prouve son appartenance au monde des vivants.

L'auteur, Adelbert von Chamisso, ressemble beaucoup à son personnage. Comme lui, c'est un homme sans ombre. Né en 1781, non loin de Reims, il descend d'une noblesse lorraine. Chassée par la Révolution, sa famille a trouvé refuge en Allemagne comme beaucoup d'aristocrates français. Lorsque Napoléon autorise le retour des émigrés, Chamisso choisit de rester dans son pays d'adoption. Il effectue son service dans l'armée prussienne, puis dirige le jardin botanique de Berlin, publie des poèmes, fréquente les cercles romantiques, et se lie d'amitié avec Heinrich Heine et E. T. A. Hoffmann, mais, de son propre aveu, il ne se sent nulle part chez lui et n'aspire qu'à « errer par le vaste monde ». « Je suis partout étranger, clame-t-il. Je voudrais trop étreindre. Tout m'échappe. Je suis malheureux ! » Sa fable écrite au moment où il traverse une période de grand désarroi traduit les affres d'un siècle marqué par l'essor de l'individualisme, par un besoin à la fois d'autonomie, de tranquillité et de reconnaissance, de distinction. Peter Schlemihl incarne le conflit de nos sociétés modernes où chacun veut être remarqué et passer inaperçu, unique et comme les autres.

Tu te demandes sans doute pourquoi je te raconte tout cela. Ta vie n'est pas un conte fantastique et je me garderai bien de te traiter de *schlemiel* ou de toute autre épithète. Mais vos destins ont un point commun.

Dans ton automate, on l'a dit et redit, tu changes constamment d'identité, tu enchaînes des rôles, tu collectionnes des avatars, tous ceux que tu aurais pu être mais que tu n'es pas. Tu explores des potentialités que tu portes en toi et projettes quelque chose d'intime enfoui au plus profond de ton être. Tu laisses aussi peut-être entrevoir certaines de tes activités qui doivent demeurer secrètes, et tu rassembles patiemment tous tes frères jumeaux, toute cette famille de substitution, dans un recueil que tu ne montres à personne, pas même à tes enfants. Tu dois commencer à voir où je veux en venir. Ton album photo, cette trace qui te survit, c'est ta part d'ombre.

Contrairement à Peter Schlemihl, tu ne l'as soumise à aucun pacte faustien, ni même perdue ou abandonnée. Tu la gardais jalousement, dissimulée parmi ton fatras. Et un jour, privée de ta présence, détachée de toi, elle est partie avec les encombrants comme une vieille étoffe un peu mitée. Tu ne l'as pas vendue. Elle a été achetée. Après être passée de main en main, elle a fini par intégrer le circuit marchand. Elle est devenue un bien. Puis, une idée, le point de départ d'une œuvre artistique, et enfin un objet de litige.

Tu dois goûter l'amère ironie de la situation. On te tire de l'anonymat pour mieux se disputer ton image. Les photomatons que tu as accumulés, les lieux que tu as visités constituent dorénavant des éléments confidentiels. Ce qui n'était qu'une figure mouvante et insaisissable devient un secret professionnel entre deux parties signataires. Même tes visages, les rares portraits qui subsistent de toi à vingt ans, ne t'appartiennent plus. Quiconque les reproduirait sans autorisation s'exposerait à des poursuites.

Tu n'es plus que l'ombre de toi-même, un

tissu pliable à volonté, la trame d'un projet susceptible d'être résumé en une ou deux phrases, au moyen d'un pitch efficace et percutant. Bientôt, tu auras droit à un dossier plus fourni, assorti si possible d'une note d'intention, d'une fiche technique et d'un début de synopsis. Un texte pas trop long rédigé de telle sorte qu'il puisse séduire des diffuseurs, des responsables de chaîne, et entrer dans une grille de programmes, correspondre à une ligne éditoriale et, surtout, aux attentes d'un public. Et enfin, tu seras décliné en plans, en séquences, et, qui sait, un jeune acteur choisi pour sa ressemblance avec toi au même âge interprétera ton rôle.

La face obscure que tu explorais se retrouve protégée par des contrats, des copyrights, des lettres avec accusé de réception, des huissiers, des avocats, tout un juridisme qui t'échappe sans doute. Et s'il le faut, ton ombre se transformera en pièce à conviction. En une preuve, mise sous scellés, enfermée dans un plastique jusqu'au jour d'un éventuel procès.

Mais peux-tu être accaparé par qui que ce soit ? Peut-on « s'approprier » ton histoire ? Acheter ta vie ou ton double inversé sur un marché et en faire ce qu'on veut ? Comme tout être humain, tu ne te laisses pas chosifier, tu te dérobes. Personne ne peut te comprendre, pas même tes proches, au sens où comprendre, c'est prendre, ramener à soi, et donc changer, recréer autrui à son image. Ce que tu as de spécifique, c'est ce qui ne se réduit pas, ce qui échappe à la représentation ou l'excède. Tu es et tu resteras toujours une énigme. Une question sans réponse.

On ne peut que t'approcher, t'observer à travers un trou de serrure, suivre tes pas, imaginer ce que tu as pu être, glaner ici et là des rumeurs invérifiables, des paroles rapportées, des anecdotes fragiles, et, avec tout ça, tenter de te redonner vie, par petites touches, en multipliant des hypothèses, en ne cherchant pas à remplir les vides, au contraire, en montrant bien les blancs, les failles, dans une narration volontairement lacunaire, car il faut respecter aussi ton droit à l'opacité, à cette part de toi qui ne se laisse pas traverser par la lumière, qui est et doit demeurer impénétrable.

Le chant du muezzin me tira d'un sommeil troublé. Je me levai d'un bond, impatient de savoir où j'étais. Je m'approchai de la fenêtre, écartai le rideau et aperçus entre les volutes en fer forgé les gerbes mauves d'un bougainvillier. La chambre que j'occupais donnait sur un petit jardin séparé. Deux chaises longues trônaient devant une piscine longiligne, sillonnée par une eau pâle. Une porte latérale menait à une cour intérieure, vide, couleur sable. Des pièces en enfilade, de plain-pied, entouraient le patio sur trois côtés. Certaines étaient condamnées. La cuisine communiquait avec un salon obscur, meublé à l'orientale. À part moi, il n'y avait personne.

Le lieu était beau sans être ostentatoire. J'en fis le tour en inspectant chaque recoin, comme un hamster dans sa cage. Je n'allais pas pouvoir en sortir avant un certain temps. Conformément aux règles sanitaires alors en vigueur en Tunisie, je devais m'isoler durant deux semaines, ce délai pouvant être réduit de moitié à condition de produire un test négatif au Covid-19. À l'extérieur de la bâtisse, une allée de gravier, fermée par un portail métallique, marquait la limite de mon lazaret.

Je me sentais perdu. Je ne parvenais pas à me situer dans l'espace, ni à imaginer à quoi pouvaient ressembler les rues avoisinantes. J'étais arrivé à Djerba la veille au soir, une heure avant le couvre-feu. Après avoir parcouru à toute vitesse une ville déserte, plongée dans le noir, le taxi m'avait déposé au fond de ce qui m'avait paru être une impasse. Un voisin m'attendait avec les clés. À cause de la pandémie, la maison était depuis un an inoccupée, privée de lumière, pour ainsi dire momifiée derrière ses volets clos. Sa propriétaire, une amie qui résidait à Paris, me l'avait très gentiment prêtée. Suivant l'architecture arabe traditionnelle, c'était une petite forteresse, pleine de verrous, repliée sur elle-même, cernée de murs aveugles, à l'abri de tout regard indiscret. L'idéal pour une retraite absolue.

Je me promenais à heure fixe dans ma cour carrée, en regardant le ciel bleu ou les circonvolutions des fourmis sur le sol en pierres. Je m'exerçais à identifier les oiseaux qui se posaient sur l'unique palmier du jardin et tentais sans succès de sympathiser avec une bergeronnette grise qui semblait y avoir pris ses habitudes. Un matin, j'escaladai la toiture en forme de dôme dans l'espoir de contempler la mer qui ne devait pas être loin. En équilibre sur mon promontoire, je ne vis rien d'autre que des terrasses blanchies à la chaux, hérissées d'antennes paraboliques, et, au milieu, l'enseigne lumineuse d'un supermarché. Toujours pas d'êtres humains à l'horizon.

Du tissu urbain ne me parvenaient que les bruits. Le glissement fugitif d'une voiture sur l'asphalte, des coups de marteau, le bourdonnement d'une perceuse, la sirène d'une ambulance… Chaque son se détachait avec une netteté cristalline, comme dans une nuit d'hiver. Quand vous êtes enfermé, tout se dilate. Le monde devient un objet fractal, infiniment morcelé. En vase clos, les moindres émotions s'exacerbent et, fatalement, l'angoisse contre laquelle vous luttiez finit par revenir.

La tournure prise par les événements m'avait profondément affecté. Pendant près d'un an, je n'avais rien osé faire. Je repensais à toutes ces photos que je m'étais obstiné à regarder en vain. Je restais avec mes questions, mes notes, mon manuscrit inachevé, des pages et des pages seulement bonnes à jeter. J'oscillais entre la tristesse et la colère. Jamais auparavant on ne m'avait empêché d'écrire ou d'aller au bout d'une enquête. Tétanisé par la perspective d'un conflit, j'essayais de passer à autre chose. Je craignais d'être accusé de vol, de tricherie. J'éprouvais un terrible sentiment d'illégitimité. De quel droit raconter une vie qui n'est pas la sienne et sur laquelle d'autres ont jeté leur dévolu ? Le syndrome de l'imposteur ne me quittait plus.

Étrangement, cette histoire ne cessait de me hanter. Pourquoi cet inconnu me semblait-il si familier ? Si proche ? Sa démarche artistique – si on peut l'appeler ainsi – rappelait les travaux de mon oncle plasticien sur la quête et la perte d'identité. L'homme me faisait également penser à ma mère, une femme secrète qui m'avait légué ou plutôt avait laissé derrière elle, dans son appartement transformé en décharge, non pas un album, mais des ébauches de romans, reflets de ses désirs et de ses peurs. Étaient-ce des raisons suffisantes pour m'embarquer dans une telle galère ?

Ce furent ses enfants qui me redonnèrent l'envie et surtout le courage de continuer. Ils étaient déçus que je sois écarté du projet. À intervalles réguliers, ils prenaient de mes nouvelles et m'envoyaient des informations sur leur père. « Ce qui nous plaisait, c'était que tu fasses ce livre », me dit un jour Shirley. Cette vie ou plutôt ces vies de Jacob, elle-même avait voulu les écrire. « Après sa mort, j'avais très envie de découvrir qui il était. Et puis, je ne l'ai pas fait. » Je fus ému par la confiance qu'elle m'accordait. Ému et aussi inquiet. Je me sentais investi du rôle de scribe et j'avais peur de décevoir.

Au bout de huit jours, je pus enfin circuler librement dans l'île. Je me préparais à des recherches longues, fastidieuses, entrecoupées de moments de découragement. Je me voyais courir après un mirage d'un bout à l'autre de Djerba. Je me trompais. Sans le savoir, je me trouvais juste à côté du lieu où Jacob avait passé son enfance. Je pouvais même y aller à pied.

Hara Kebira ne formait plus une enclave isolée depuis fort longtemps. C'était devenu un faubourg de la ville de Houmt Souk. Des chevaux de frise et des plots en béton en protégeaient l'entrée. À côté d'une guérite vide, deux policiers somnolaient dans une fourgonnette grillagée. Des branches de palmier qui avaient dû servir pour la fête des Cabanes séchaient au pied des maisons. Dans l'artère principale, des gamins coiffés d'une kippa noire sortaient en courant d'une école religieuse. L'homme que j'attendais m'avait donné rendez-vous devant « Ishak, le roi de la brick », une gargote qui exhalait des vapeurs de friture. Le Dr Saghroun portait un polo et des sandales. Le masque qui couvrait le bas de son visage faisait ressortir ses yeux pétillants d'un bleu délavé et sa grosse tête parsemée de cheveux gris. Il me guida jusqu'à son bureau éclairé au néon, encombré de prospectus médicaux. Un ouvrage sur *Freud et la tradition mystique juive* traînait au milieu de la paperasse. Au mur, pendait un calendrier périmé. Dans la salle du fond, on apercevait une table d'examen et un stéthoscope posé sur une valise en cuir.

Simon Saghroun exerçait dans le quartier depuis trente-cinq ans. « J'ai soigné la grand-mère, la mère, la fille, maintenant la petite-fille », fit-il. Son téléphone portable sonnait sans arrêt, lui aussi. Quatre générations le consultaient à toute heure du jour et de la nuit. Lorsqu'il n'était pas dans son cabinet, il partait en tournée. Sa vie était entièrement dédiée à ses malades. Et naturellement, ceux-ci n'avaient aucun secret pour lui.

« Les B'chiri ? Ils ont une belle voix. » Il croyait que je faisais allusion à l'icône de la musique judéo-tunisienne qui appartenait lui-même à une lignée de chanteurs. Le médecin en cita plusieurs et bifurqua sur d'autres personnages. Il avait plein d'anecdotes sur tout le monde.

« Je suis un peu l'historien de la communauté. Les jeunes ne savent pas tout ça, dit-il.

— Il s'agit du fils d'un certain Khamaïs.

— Khamaïs, dites-vous ? Oui, je vois qui c'est. Si ma mémoire est bonne, il est mort subitement, le jour du festival de la Ghriba. C'était quelqu'un d'aisé. Il faisait partie des notables. »

Le père de Jacob, que j'imaginais en modeste pompiste, les mains gantées de cambouis, réparant à l'occasion une vieille guimbarde, s'avérait être un riche entrepreneur. « Il avait des dizaines et des dizaines d'employés », m'assura le docteur, des étincelles dans le regard. Son garage, situé en plein centre de Houmt Souk, était le plus grand de Djerba. Il possédait, en outre, une importante société de transport. Ses autocars desservaient le sud de la Tunisie, du port de Gabès à l'oasis de Tataouine.

Khamaïs avait la réputation d'être un patron sévère et énergique, doué aussi bien en affaires qu'en mécanique. « C'était quelqu'un ! Rien qu'en entendant le bruit d'un moteur, il pouvait dire ce qui n'allait pas. » Simon Saghroun ne tarissait pas d'éloges à propos d'un homme qu'il ne connaissait que par ouï-dire. Il ignorait où il était enterré. « À la grande synagogue, il y a une plaque à sa mémoire. Sa tombe se trouve peut-être à côté. » Le médecin était trop jeune pour avoir rencontré Jacob, qu'il appelait Zakine. « Il a dû quitter le pays juste après ma naissance. » Il prit soudain un ton énigmatique. « Il n'est jamais revenu. On ne sait pas pourquoi. Il y avait quelque chose. » Il connaissait en revanche son frère aîné, Benyamin, qui fabriquait des bijoux en argent, à domicile. Lui aussi était parti. Toute la famille avait fini par émigrer en Israël dans les années 1970 ou 1980. Il ne se souvenait pas de la date exacte. Il y avait eu tellement de départs. « Maintenant, vous ne trouverez personne à qui parler », me prévint-il.

Dans ces temps anciens, les B'chiri habitaient à l'extérieur de la hara. Leur vaste demeure se trouvait à la lisière de ce qui n'était qu'un village, sur la route menant à Houmt Souk. Dans sa bouche, ce n'était pas une maison comme une autre, mais un lieu d'importance, un lieu-dit revêtu d'une portée symbolique, un peu comme un morceau d'histoire, du temps solidifié. « C'était quelque chose, siffla-t-il. On l'appelait Dar Daouïa », du nom de David, le père de Khamaïs. Il ajouta : « Tout a été rasé. Vous ne trouverez à la place que des magasins et des dépôts. » Je lui demandai comment m'y rendre. Il regarda sa montre et proposa de m'accompagner.

Le soleil déclinait avec cette ponctualité métronomique propre aux pays chauds. Le quartier ne se distinguait d'autres médinas aux venelles labyrinthiques que par ses mezouzot fixées au linteau des portes. De l'eau, répandue par des canalisations crevées, remplissait des ornières de sable. Tout en marchant entre les flaques, le docteur continuait, imperturbable, à répondre à ses patients. « Redonnez-lui une dose d'Augmentin… A-t-il encore de la température ? » Il prodiguait ses conseils d'une voix monocorde, empreinte d'une légère lassitude. « Le téléphone, c'est une corde autour du cou », maugréa-t-il, une fois la communication terminée.

En chemin, il fut pris d'une peur ancienne héritée de la dictature : « N'attirez pas l'attention. Surtout, ne prenez pas de notes. Si des policiers vous voient avec votre carnet, ils vont s'inquiéter et vous questionner. » Peut-être nourrissait-il lui-même des doutes sur les véritables raisons de ma visite ? Malgré le portrait enthousiaste qu'il dressait de son patriarche, il ne comprenait pas trop mon intérêt pour les B'chiri. « Pourquoi n'écrivez-vous pas plutôt un livre sur la communauté juive de Djerba ? suggéra-t-il. C'est la seule qui progresse dans le monde arabe. » Depuis quelques années, sa population augmentait de nouveau.

Autour de nous, une architecture foutraque témoignait de sa vitalité retrouvée. Des excroissances en parpaings, des étages supplémentaires bâtis en saillie, une débauche de stucs et de balcons torsadés, ainsi que des poissons dessinés sur les façades immaculées afin de porter chance aux nouveaux venus, représentaient autant de mariages, de naissances, d'ambitions, d'espoirs dans l'avenir. « Ça pousse ! » conclut le Dr Saghroun d'un ton réjoui.

À l'approche du barrage de police, il insista : « Faites-vous tout petit. Si on vous interroge, dites que vous êtes un touriste. » Arrivé à un grand carrefour, il désigna le trottoir opposé. Des commerces couraient sur une centaine de mètres, le long d'une route, face à un hôpital. Derrière la rangée d'immeubles, s'étendait un terrain vague. « Tout ça appartenait autrefois aux B'chiri ! » annonça-t-il en écartant les bras. La propriété comprenait une partie habitable et des hangars destinés à l'entretien des bus. Ses proportions selon toute apparence démesurées, en tout cas dans la mémoire des gens du cru, convenaient moins à une famille qu'à une dynastie. Mais Khamaïs ne régnait pas seul sur son fief. Son unique frère, Maklouf, vivait et travaillait à ses côtés. J'entendais parler de lui pour la première fois. Il était la pièce manquante du puzzle.

Khamaïs et Maklouf. Deux ou trois ans d'écart les séparaient. Question de tempérament ou conséquence d'un droit d'aînesse ancestral ? Le premier laissait l'image d'un chef, doublé d'un bâtisseur, alors que le second apparaissait comme effacé et soumis. Aussi tentant soit-il de convoquer le mythe éternel de Caïn et Abel ou de Yaaqov et Ésaü, rien ne permet d'affirmer que les deux frères étaient rivaux, ni que l'un a souffert de la prééminence de l'autre. Une chose est sûre : au décès de l'aîné, le cadet prend la tête de l'entreprise et la famille vole en éclats. La jeune veuve, Miziana, et plus encore ses enfants vont accuser Maklouf de les avoir spoliés.

Où que ce soit, un héritage se règle à huis clos, dans le secret d'une maisonnée. Il porte sur des biens, des titres, un patrimoine. Il charrie aussi des demandes d'amour, des besoins de reconnaissance. Il réveille de vieilles douleurs en fixant sur le papier la place de chacun. Quand les choses se passent mal – ce qui est fréquent –, les liens se déchirent sur plusieurs générations.

Chaque camp incrimine l'autre. Avec le temps, les reproches s'accumulent et les versions antagoniques continuent de diverger, au point qu'il devient presque impossible de les départager. De manière prudente, le Dr Saghroun disait ignorer les dessous d'un conflit qui perdurait jusqu'à ce jour.

Il décida de me montrer la ville. Il aimait marcher, surtout à ce moment de l'année, entre octobre et décembre. « On dit que c'est la cinquième saison, la meilleure. Il ne fait ni trop chaud, ni trop froid. » Il me conduisit de son pas lent et régulier jusqu'à l'entrée du souk. Devant des étals désertés par les touristes, se dressait le bâtiment cubique vert et blanc de l'Amen Bank. « Le garage était ici, dit-il. Il ne comptait qu'un étage, mais il était très grand. Les B'chiri possédaient tout le pâté de maisons. »

Ici, une succursale bancaire, là, des échoppes. Il ne restait plus rien de l'empire édifié par Khamaïs.

La succession s'était avérée trop lourde. La suite n'est qu'un long déclin. La faute à de mauvais choix et aux bouleversements de l'Histoire. À la fin des années 1960, des margoulins font croire à Maklouf qu'il va être exproprié. Dans une Tunisie où les réformes socialistes se succèdent, il prend peur et leur cède sa maison de maître et les terrains alentour pour quelques milliers de dinars. Dans la foulée, il liquide sa compagnie d'autocars devenue moribonde. Il n'a pas tout perdu. Il conserve sa concession Citroën et fait partie des premiers hommes du village à posséder une voiture. Le docteur se mit à rire : « Il paradait au volant de sa 2 CV à vingt à l'heure, comme un roi, au milieu de la chaussée. Il prétendait que plus on va lentement, moins on use la machine. »

À sa mort, ses fils, Maurice et Élie, reprennent le garage, mais, avec l'essor du tourisme, la mairie de Houmt Souk décide de rénover le centre-ville et les oblige à déménager. La banque Amen leur rachète les murs et le terrain. Durant encore quelques années, ils conservent un atelier de mécanique perdu au fin fond de la zone industrielle. Et puis un jour, tout s'arrête.

Élie vit depuis lors en Israël. Son frère Maurice partage son temps entre les deux pays. « En ce moment, il est chez lui, à Djerba. » Le médecin me déconseilla d'aller le voir. « Si vous lui expliquez le but de votre voyage, ça risque de très mal se passer. » Il me communiqua alors une information essentielle : Jacob, ou plutôt Zakine, était celui qui avait le plus mal vécu toute cette histoire. Il en avait gardé une très grande colère et une haine inextinguible pour son oncle et ses cousins.

Même à distance, des décennies plus tard, il les poursuivait de sa vindicte. Du moins, c'est ce qui se disait dans le quartier. Un beau jour, les douanes avaient accusé Maklouf de détenir de l'or illégalement. Il avait été dénoncé, semble-t-il, par plusieurs lettres anonymes. À tort ou à raison, ses soupçons s'étaient immédiatement portés sur son neveu. Le docteur me racontait tout cela pour me mettre en garde : « Vous comprenez maintenant pourquoi vous ne serez pas bien reçu si vous vous réclamez de Zakine. »

Je ne le quittais plus. À qui d'autre pouvais-je m'adresser ? Le lendemain, il m'attendait dans son cabinet. Pour illustrer le degré de rancœur et d'animosité entre les deux clans, il souhaitait me montrer quelque chose. Il fourragea parmi le fouillis poussiéreux qui encombrait son bureau et exhuma un livre recouvert d'une belle reliure en vélin. Comme bien d'autres membres de la communauté juive de Djerba, il avait reçu l'ouvrage en cadeau de Maurice, le fils de Maklouf. Il s'agissait d'un traité de morale d'un célèbre rabbin. Ce n'était pas son contenu qui importait, mais la liste de noms reproduite en quatrième de couverture. Les hommes de la famille disparus au cours des cent dernières années y étaient inscrits avec leurs dates de naissance et de décès reliées par un tiret qui symbolisait l'écoulement d'une vie. Dans cet inventaire destiné à honorer la mémoire des défunts, ni Khamaïs ni Zakine n'apparaissaient.

Cette double omission choquait le docteur.

L'absence de Khamaïs surtout. « Une trentaine de personnes figurent sur cette liste. Et il n'est même pas mentionné ! Comment peuvent-ils passer leur propre oncle sous silence ? Il n'était pourtant pas en conflit avec eux ! » Effacés, bannis, le père et le fils ne faisaient plus partie de la longue chaîne des B'chiri, comme s'ils n'étaient que des homonymes, des étrangers, et ne descendaient pas du même ancêtre. Du fondateur de la lignée dont le nom trônait en haut de l'ouvrage. Un certain Maklouf, encore un. Un homme arrivé à Djerba au milieu du dix-neuvième siècle, d'on ne savait où, peut-être du Yémen ou d'Anatolie.

Comment approcher l'unique membre du clan encore présent à Djerba ? Je sondai les quelques contacts qui m'avaient été donnés en prévision de mon voyage. Iskander Ben Ali me rejoignit dans un café, en face de la mer. Lorsque je lui soumis mon problème, il s'empara de son smartphone et tapota sur l'écran tactile. « Il faut battre le fer quand il est chaud », me déclara-t-il en posant la main sur le récepteur. Depuis le temps qu'il exerçait la fonction de consul honoraire, il avait un carnet d'adresses aussi gros et immémorial qu'un annuaire des PTT. Il colla l'appareil à son oreille. « Monsieur Maurice B'chiri ? » Il lui expliqua l'objet de l'appel en quelques mots. La réaction de son interlocuteur fut instantanée. Le représentant de la France reposa le combiné. « Il dit ne pas connaître votre Jacob. »

Annie Kabla habitait non loin de là, à proximité d'un vieux fort aux murailles ocre rouge. Sa famille possédait autrefois l'un des deux bacs qui assuraient la liaison maritime avec le continent. Les B'chiri étaient alors ses voisins. À cause du virus, elle préféra me recevoir devant sa villa, autour d'une table de jardin. Elle vivait avec son père octogénaire et craignait pour sa santé. À chacune de mes questions, elle bondissait de sa chaise : « Je vais demander à papa ! » annonçait-elle d'une voix enthousiaste. Elle disparaissait dans la maison, entraînant dans son sillage deux petits caniches blancs, et, en un clin d'œil, resurgissait avec la réponse, toujours suivie par ses chiens à la queue frétillante. Assise à mes côtés, sa sœur la regardait faire, l'air amusé. Elle la taquinait : « Tu as tout retenu ? Et le conflit entre les cousins, tu lui en as parlé ? » Elle se tourna vers moi : « Les conflits, notre père adore ça ! »

De ce va-et-vient, de ce mouvement pendulaire, ressortait un portrait forcément contrasté, le récit d'une ascension et d'une chute. David, qui avait donné son nom à sa maison, n'était que maçon. « Quelqu'un de très pauvre. » Il avait participé à la construction, à la pointe de l'île de Djerba, du phare de Taguermess, le plus haut de Tunisie. D'où, peut-être, son goût de la démesure. Il possédait aussi un pressoir à huile. Ses fils n'étaient pas allés à l'école. Khamaïs partait de zéro et serait probablement resté mécanicien sans l'appui d'une femme, une amie proche appelée Shirlia. « Elle était amoureuse de lui. Elle lui a appris à lire et l'a encouragé à se lancer dans les affaires. Il a fait fortune un peu grâce à elle », dit Annie à son énième retour. Soupirante, marraine ou bonne fée, sa bienfaitrice, décrite comme très belle, n'était en tout cas pas de celles que l'on épouse. Il lui préféra une jeune fille de treize ans avec laquelle il devait être, sans doute, apparenté, selon les règles endogamiques en usage au sein de sa communauté.

La suite, je la connaissais déjà. Sa mort brutale et la rupture entre les deux branches des B'chiri que le père d'Annie attribuait moins à sa succession qu'à la ruine de l'entreprise qu'il avait fondée. Son frère aurait subi des vols, des déboires de toutes sortes qui étaient souvent le reflet de discriminations. Oui, Maklouf avait accumulé les échecs, comme tant d'autres, au moment où des dizaines de milliers de juifs bradaient leurs biens en catastrophe et s'exilaient. « Quand il a fait faillite, les enfants de Khamaïs voulaient vendre et partir, les autres souhaitaient rester », résuma Annie. Leur mémoire des événements racontait non pas tant un drame familial que la fin d'un monde.

Je longeais une mer étale, aussi lisse et plane

que le rivage, au point que les deux parfois se confondent. On se demande comment ces deux platitudes font pour ne pas empiéter l'une sur l'autre. En fusionnant avec l'horizon, l'île procure un sentiment d'infini, comme si on pouvait marcher sur l'eau. Elle vous invite à en sortir. C'est une incitation au voyage. Djerba, on l'aime et on la quitte. Même les morts finissent par aller voir ailleurs.

Le Dr Saghroun poussa la porte d'un petit cimetière envahi par des plantes grasses. Il commença à examiner les inscriptions en hébreu gravées sur les stèles. « On m'a dit que c'était à gauche, en entrant. » Il avança vers une tombe laissée à l'écart, à l'ombre d'un mur chaulé de blanc, et posa la main sur ses intailles mangées par le lichen. Penché, comme en prière, il lut : « Khamaïs, fils de Mazala, décédé le 18 iyar de l'an 5717 ». L'épitaphe soulignait sa rectitude, sa générosité, son respect des rabbins et des rites. Je ramassai quelques cailloux et les déposai sur le socle en marbre.

Sa sépulture voisinait deux coulées de béton, dépourvues de toute mention, telles des pages blanches. Les dalles nues correspondaient par le passé aux tombeaux de Maklouf et de David. Des cubes désormais vides. Des cénotaphes. Une trinité mâle amputée. Cinq ans plus tôt, Maurice avait organisé le transfert des ossements de son père et de son grand-père en Israël.

Une pratique courante qui, dans ce cas précis, contrariait le médecin, car elle matérialisait la désunion d'une famille. Il recula de l'autel en hochant la tête. Il semblait voir Khamaïs couché sous son épitaphe. « Là, il est tout seul », fit-il.

Un vendredi, il décida de me présenter au dernier des B'chiri. En chemin, il me confia sa nouvelle idée. Il fallait, selon lui, œuvrer, sinon à la réconciliation des vivants, du moins au rapprochement des morts, faire en sorte que leurs squelettes reposent de nouveau ensemble. À l'entendre, je devais m'atteler à cette fin en intercédant auprès des deux parties. « Votre livre pourrait peut-être servir à cela ? » Il monta quelques marches et frappa à la porte d'une maison d'un étage, aux fenêtres rendues opaques par un entrelacement de fer. Un homme en maillot et bermuda, coiffé d'une kippa noire, apparut dans l'embrasure. Une immense tête, des paupières lourdes à moitié fermées, il nous dominait de sa silhouette massive. Il ne semblait pas surpris par notre visite, comme s'il l'attendait. Le docteur fit les présentations :

« C'est un ami des...

— Oui, je sais, des enfants de Zakine. »

Il ne nous proposa pas d'entrer. Il redoutait, lui aussi, la contagion et préférait parler au téléphone, si possible en arabe. Son français était hésitant. Derrière lui, des femmes s'activaient à des tâches ménagères, en prévision du shabbat.

Le Dr Saghroun accepta de me servir de traducteur. L'entretien téléphonique se déroula dans son bureau. Ce fut bref. Maurice retraça à grands traits l'arbre généalogique des B'chiri, évoqua rapidement la brouille avec ses cousins et exprima son souhait de « tourner la page ». « Il apprécierait beaucoup que Khamaïs soit transféré en Israël. Il est prêt à aider au rapatriement de son corps », me dit le médecin, à la fin de la conversation.

Je quittai son cabinet. Le soleil venait de se coucher. Quand la première sonnerie du chofar retentit, pareille à une longue plainte, le quartier fut pris d'une agitation soudaine. Au-dessus des portes des maisons, des lanternes s'allumèrent une à une. Des gamins se dépêchaient de régler leurs courses. Un commerçant tira son rideau métallique. Debout sur la terrasse de son oratoire, comptant les minutes, un rabbin en bras de chemise observait ses ouailles courir dans tous les sens, puis il remplit ses poumons d'un air tiède et souffla à nouveau dans sa corne de bélier.

Tu nous montres sa photo à deux reprises. Tu la tiens droite, devant toi, et ton regard se perd dans le passé. Tu sembles nous dire : « Voici mon père ! » Et aussi : « Regardez comme je lui ressemble. » Tu es au-delà de lui et loin en arrière. D'un côté, tu te places sous son égide, de l'autre, tu l'interpelles. Comme tous les fils, tu espères en être digne. Tu aimerais qu'il soit fier de toi. Tu attends peut-être aussi ses encouragements. Tu revendiques sa protection. Il te manque, il t'a toujours manqué. Il est le spectre qui hante toutes les vies. Tu t'es construit autour de son absence, une absence centrale, un gouffre béant. En succombant à un âge encore vert, il a rompu une chaîne séculaire et provoqué une petite apocalypse, un bouleversement qui relève presque des fins dernières. Après lui, tu as été chassé de sa maison, de sa lignée, de son monde, de son histoire, de tout ce que tu chérissais. Depuis, tu vagabondes d'un bout à l'autre de la Méditerranée. Bientôt, tu aborderas les bouches de l'Hadès et parleras aux ombres.

Tu regardes sans cesse derrière toi. Tu viens pourtant du pays des Lotophages. Si l'on en croit l'*Odyssée*, ton peuple dispense une drogue qui rend amnésique. Le lotus efface chez celui qui le consomme jusqu'au souvenir de son nom et de ses origines. C'est dans ton île sans relief et sans mémoire qu'Ulysse subit l'une de ses premières épreuves. Après avoir goûté la plante interdite, ses compagnons perdent la conscience de ce qu'ils sont. Ils ne savent plus d'où ils viennent, où ils vont et à quoi ils se rattachent. Ils n'appartiennent plus à une humanité conçue comme une multitude de fils entrecroisés. Pour les obliger à reprendre la mer, leur chef doit les embarquer de force et les mettre aux fers, à fond de cale. Toi, tu n'as rien oublié et rien pardonné. Plaie acerbe jamais refermée qui s'ajoute à d'autres blessures.

Tu connais la guerre et ses horreurs. Tu en reviens, toi aussi, fatigué, peut-être même brisé, sans nul doute différent. Son bruit, ses odeurs continuent d'imprimer ton corps et tes esprits. Tes membres tremblent à la moindre détonation. Tu ne supportes pas la vue du sang. On ignore les souffrances que tu as pu endurer. Aucun aède ne chante tes hauts faits. Rendu à la vie civile, tu ne retrouves pas la tranquillité. Participes-tu à d'autres actions, cette fois clandestines ? Dans cette guerre qui ne dit pas son nom, ton arme, c'est forcément la ruse, l'intelligence, l'inventivité, le mensonge, ce que les Grecs appellent la *mètis*, cette capacité de se sortir de n'importe quel guêpier et aussi de se déguiser, de revêtir des masques, d'endosser des rôles.

Sous ton sourire immuable, tu es habité par une immense colère, un terrible sentiment d'injustice. Tu désespères d'être réduit à un anneau manquant, à une boucle reliée à aucune autre, simple monade narcissique. Tes portraits témoignent de ta solitude absolue, de ton besoin de revenir à toi, à cette petite portion de ton buste. Lorsque tu romps ton isolement et convies des compagnons dans ta cabine, tu occupes toute la place, une place qui t'a été dérobée. Tu réaffirmes sans cesse ton existence et inscris partout où tu peux ton patronyme. Tes signatures sont autant de points d'interrogation, de suppliques, de hurlements de colère. Ton album n'est qu'un cri : tu es Jacob, le fils de Khamaïs, qui fut naguère, à sa façon, l'un des rois de Djerba, et tu réclames tes droits.

Tu n'es que mouvement, un flux d'atomes et d'énergie. Tu veux voir le vaste monde. Ta curiosité t'entraîne toujours plus loin. En dix ans, tu as parcouru des distances considérables : tu as vécu en Israël, sillonné l'Europe d'est en ouest et du nord au sud, visité l'Asie et l'Amérique. Même quand tu t'arrêtes dans une ville, tu changes de quartier et de rue, tu claques une porte pour en ouvrir une autre. Tu navigues à l'aveugle, tu fais des ronds dans l'eau parce que tu n'as nulle part où aller.

Au cours de cet interminable périple, pas une seule fois tu ne retournes sur la terre de tes ancêtres. Tu te rends partout, sauf là où tu es né et as grandi, non pas à la suite d'on ne sait quelle malédiction, à cause d'un dieu vengeur qui sèmerait les embûches sur ton chemin, ou par peur de représailles en raison de ta nouvelle nationalité, de l'état de belligérance entre tes deux pays, mais parce que tu ne le veux pas. Ton Ithaque à toi n'existe plus. Tu n'as pas de haute maison à regagner ou de titre à reconquérir.

Il ne te reste que des souvenirs, pareils à tes flashes qui te font cligner les yeux. La porte cochère bleue ornée de clous noirs, la cour carrée avec son puits, son pressoir et son four à pain, tel un gynécée où règnent les femmes et les enfants, et autour, les champs d'oliviers, les chemins creux entre deux levées de terre, le sable qui s'insinue partout, l'école avec ses manuels venus du froid, remplis de moustachus au casque ailé et de rois en cotte de mailles, et puis après, l'immense atelier avec ses baies vitrées, sa fosse où tu aimes te cacher, sous un châssis tubulaire en chrome et en acier, semblable à une voûte étoilée. Une enfance heureuse projetée en accéléré, comme un film qui s'emballe, jusqu'au moment où la pellicule commence à fondre, à se tordre dans tous les sens, et à disparaître en laissant de grandes taches sur l'écran.

Désormais, ton île est vide. Il n'y a plus que des ruines. Personne ne t'y attend. Les tiens ont fini par te suivre. Et c'est toi qui, de nouveau, es parti. Le 109/1, Kiryat Charêt, à Ra'anana, l'adresse collée à la fin de ton livre vert, bien en évidence sur une des pages de garde, tel un repère au bout de la nuit, comme si elle constituait la dernière étape de tes pérégrinations, le dénouement de ton odyssée, en quelque sorte, c'est celle de ta mère. Elle a fini par émigrer à son tour en Israël, en même temps que tes frères et sœurs. Même là, dans ce pays pour lequel tu as pris les armes et où ta famille vit désormais, tu ne reviens pas, sinon pour de courts séjours.

Tu es un survivant. Tu as dû lutter contre des sirènes trompeuses, des vents contraires, des brisants meurtriers, des ennemis implacables. Tu as connu l'exil et l'abandon. Après dix ans d'épreuves et d'errance, tu arrives au terme de ton voyage, mais tu n'en as pas fini avec les monstres. Ajoutons-en un, quitte à abuser de la métaphore homérique, un autre monstre découvert sur ton nouvel îlot, ou plutôt un non-lieu, une hétérotopie, une espèce d'illusion et de perfection. Dans ton photomaton, tu te mesures à un œil, l'œil unique, un œil qui voit tout. Tu te confrontes à un cyclope, un ogre gigantesque qui t'enferme, t'avale tout cru et te recrache en quatre exemplaires. Tu parviens à lui échapper en criant : « Mon nom, c'est Personne. »

Même en tournant le dos à ta terre natale, tu n'en es pas moins sur le chemin du retour, si, par ce mot, on entend simplement un chez-soi. Tu aspires, comme tout le monde, à une vie normale, à un quotidien banal, sans histoires, à quelque chose qui ressemble à un foyer, un endroit où tu te sentirais enfin à ton aise. Plus que tout, tu veux te retrouver. Tu cherches à renouer non pas avec un lieu hypothétique, un point de départ introuvable, mais avec toi-même, avec ce qui te précède et te suit, cette chaîne immémoriale brisée en deux. Durant ce très long parcours, ton père t'accompagne. Il est là, avec toi, dans ton refuge. Tu t'abrites derrière son médaillon minuscule et tu parais soudain apaisé.

Autant le dire tout de suite, je ne parvins pas à m'acquitter de ma mission. En arrivant en Israël, je me voyais un peu comme un messager, voire un réconciliateur, une sorte de diplomate des familles. Ma tentative de rapprocher les deux branches des B'chiri connut le même destin funeste que la plupart des processus de paix initiés dans la région. Il manquait ce qui fait justement défaut à des peuples ennemis d'une terre trop promise, à savoir la confiance. Dans un cas comme dans l'autre, le différend était beaucoup trop lourd.

L'importance du mandat qui m'avait été confié dut arriver à la connaissance des autorités locales car, à ma grande surprise, elles me délivrèrent un permis spécial pour entrer dans le pays. Les frontières étaient pourtant fermées depuis dix mois aux étrangers non résidents pour cause de pandémie. J'atterris à l'aéroport Ben-Gourion un soir de janvier. Dans un terminal à moitié désert, reconverti en laboratoire d'analyses médicales, j'offris mes narines déjà passablement dilatées à un énième coton-tige. Je devais cette fois m'isoler dix jours au minimum. J'eus la chance d'échapper aux lieux de confinement placés sous la surveillance du commandement du front intérieur, autrement dit l'armée. Aucun site du genre TripAdvisor ne semble avoir noté ces établissements baptisés dans la presse « *corona hotels* », mais les quelques vidéos disponibles sur Internet ne montraient que des scènes d'émeute. Les réceptionnistes portaient un uniforme kaki. Les pensionnaires étaient consignés dans leur chambre, avec interdiction absolue d'en sortir. Au moment de la livraison des repas, ils devaient attendre le départ du garçon d'étage avant d'ouvrir leur porte et récupérer la nourriture enfouie dans un sac en plastique.

L'ami qui m'accueillit chez lui à Jérusalem me soumit à des règles beaucoup moins contraignantes. Nous déjeunions au soleil sur sa terrasse. Malgré la saison, le temps était quasi printanier. Ma chambre surplombait un entrelacs de maisons en pierre rose, flanquées de cyprès et d'eucalyptus. Des gamins s'amusaient dans la ruelle en contrebas. Leur jeu favori consistait à dévaler la pente avec un caddie de supermarché. En me penchant à la fenêtre, j'apercevais au loin sur ma gauche le mont des Oliviers et ses claviers de marbre. Je connaissais le quartier pour y avoir habité vingt ans plus tôt et retrouvais, même là, enfermé entre quatre murs, des sensations anciennes. Des bruits, des odeurs et, surtout, une lumière éblouissante, cristalline.

Après un nouveau test, je repris ma quête. Je voyageais avec Jérémy, un brillant étudiant en neurobiologie qui avait accepté de me servir de traducteur. Quelques années plus tôt, il était *haredi*, un craignant-Dieu, car il est écrit dans Isaïe : « Écoutez le Très-Haut, vous qui craignez sa parole. » Désormais, il ne craignait plus personne. Il avait abjuré sa foi, rompu avec ses parents et son milieu, jeté sa calotte, son chapeau mou, sa veste noire et ses tsitsit, comme on quitte un ordre. Après avoir effectué son service dans une unité combattante, il avait découvert la science. Depuis, il ne jurait que par la démonstration et l'expérience. Je l'entraînais sur des terrains beaucoup plus mouvants.

En Tunisie, Jacob n'avait laissé que des pierres. Tous ceux qu'il côtoyait durant son enfance étaient partis et, sous l'effet d'un courant irrésistible, avaient abouti ici, à l'autre bout de la Méditerranée. Yoshua habitait un quartier résidentiel, moderne et impersonnel des environs de Tel-Aviv. Malgré ses longues mèches grises, il conservait un visage étonnamment jeune, bien sûr, un peu plus épais et plus ridé. Peut-être avait-il rajeuni à l'évocation de celui qu'il considérait comme son meilleur ami avant que la vie ne les sépare. « Pour moi, ç'a été très dur de recommencer à zéro », lâcha-t-il. Avec peine, comme s'il faisait un aveu, il ajouta : « Je serais bien resté à Djerba. » Ancien technicien dans l'aéronautique, il était maintenant retraité. En dépit d'une existence qui paraissait confortable, il gardait la nostalgie non pas tant de la terre où il était né, mais de ce qu'il aurait pu être s'il ne l'avait pas quittée. Enfant, il se destinait à être rabbin. Il dit : « J'étudiais la Torah et rien d'autre. »

Jacob l'avait initié à tout le reste. « Il était notre chef. Nous étions plusieurs à le suivre. Il nous a appris à nous battre, à jouer au foot, à courir. Il nous a ouvert à des choses qu'on ne soupçonnait même pas. » Le samedi après-midi, il les entraînait dans les champs d'oliviers et, avec des petits riens, leur béret ou un ballon de fortune, fait de vieux papiers, improvisait un jeu. L'été, il les emmenait à la plage en charrette tirée par un âne. Il leur parlait aussi d'Israël, comme on célèbre la venue du Messie.

Il tranchait, évidemment, parmi tous ces gamins qui passaient leurs journées à débattre d'un passage du Talmud, assis à même le sol, dans un coin de la synagogue. Lui allait à l'école primaire, il étudiait des matières profanes, il s'exprimait en français, pratiquait le foot et l'athlétisme, portait une culotte courte et appartenait à une famille renommée. Le matin, il partait avec son cartable à pied vers une ville élevée au rang de chef-lieu alors qu'elle était à peine plus grande que son hameau. Quand il ne jouait pas avec sa bande, il s'enfermait chez lui pour lire ou dessiner. Les murs de sa chambre étaient recouverts de ses croquis. C'était un meneur et un solitaire. Un être social et renfermé, cultivant déjà sa part de mystère. Son copain d'enfance avait gardé toutes ses lettres dans l'espoir, peut-être, d'y trouver un message caché. Il les sortit d'une enveloppe transparente et commença à les lire. « Il m'appelait son cher frère ! » Il releva la tête et dit : « Il était spécial. » Ils avaient tous les deux émigré la même année, en 1963, par des voies différentes. En Israël, ils avaient continué de correspondre, mais ne s'étaient jamais revus. Yoshua ne savait pas pourquoi.

Malgré l'étroitesse du pays, les B'chiri vivaient loin les uns des autres. De toute la fratrie, Itzhak était celui qui connaissait le mieux Jacob. Né un an après lui, il lui vouait une admiration sans bornes, pleine d'un enthousiasme quasi juvénile, celle d'un cadet pour son aîné. Dès mon premier jour en Israël, il m'avait inondé de SMS qui, par la magie d'un traducteur automatique, commençaient tous par « Mon charmant », au lieu de « Mon cher ». Il guettait mon arrivée sous un vaste porche, au pied d'un escalier en béton. « Je t'attendais ! » s'écria-t-il en me prenant dans ses bras, sans se préoccuper d'une quelconque règle de distanciation physique. Je dus avoir un mouvement de recul, car il crut bon de me rassurer : « Ne t'inquiète pas, je suis vacciné. » En entrant dans la maison, il m'indiqua la pièce qui lui servait d'abri en cas d'attaque chimique ou d'explosion, comme s'il voulait relativiser le danger du moment. Il résidait tout au nord, à Kiryat Shmona, une ville accolée à la frontière libanaise, qui était régulièrement la cible de tirs de roquette.

Il m'invita à prendre place autour de la table et me versa un verre de jus de grenade qui me rappela mon séjour tunisien. Je lui montrai des photos prises au cimetière, à Hara Kebira. « Ah, je reconnais… Et là ? Qui est-ce ? » Ses petits yeux en amande, pareils à ceux de Jacob, se posèrent sur chacune des trois tombes. Le timbre de sa voix devint grave : « Regarde l'absurdité de la vie. Mon père avait fait en sorte que les hommes de la famille soient tous ensemble et maintenant le voilà seul. » Je lui rapportai les propos de son cousin Maurice, son souhait de « tourner la page », comme il disait, et d'aider au transfert en Israël de ce qui restait de Khamaïs, ce patriarche tombé en déshérence. L'offre de son cousin le laissa de marbre.

« Je ne sais pas, lâcha-t-il, après un bref silence. C'est une personne très dure. Est-ce que tu connais notre histoire ?

— Un petit peu, bredouillai-je.

— Je vais te confier un secret. Mon père était multimillionnaire. »

S'exprimant maintenant avec mélancolie, il me raconta comment Khamaïs, en partant de rien, avait amassé sa fortune. La stratégie adoptée consistait en une lente et irrépressible montée en gamme. D'abord, l'atelier de réparation, la pompe à essence, la concession Citroën, puis celle de Renault, suivies de la compagnie de bus… Les éléments s'emboîtaient comme dans un gigantesque Lego. « Le samedi, un représentant de l'Agence juive venait à la grande synagogue pour encourager les fidèles à faire leur alya. Le soir même, les gens organisaient leur départ. Ils allaient voir mon père et lui demandaient de racheter leur logement ou leur commerce. C'est comme ça qu'il a bâti un empire, alors qu'il ne savait même pas lire et écrire », fit-il.

Il gardait peu de souvenirs de ce père à qui tout réussissait, en tout cas rien de précis, ni d'intime. « Il était rarement là. Durant la semaine, il se consacrait à ses affaires et ne revenait à la maison que le vendredi. » Il rigola : « C'est comme ça que nous avons été conçus. » Sa mère enchaînait les grossesses. En quinze ans de mariage, elle tomba enceinte à seize reprises et, au final, éleva dix enfants. Les autres ? Des fausses couches ou des bébés mort-nés, enterrés sans kaddish. Itzhak déclara : « Moi, j'étais le numéro six. » Jacob occupait la cinquième place. Pile au milieu. Avant eux, il y avait eu Leah, Rivka, David et Benyamin. Après, arrivèrent Tamar, Judith, Rafael. Le dernier, Moshé, naquit orphelin.

« Notre père est décédé à Tunis, pas à Djerba », souligna Itzhak, comme si le détail revêtait une importance particulière. Il n'avait pas pu voir le corps, ni assister à l'enterrement. De la cérémonie, il ne conservait que la vision fugitive d'une foule aperçue depuis un taxi. « J'avais huit ans. Je n'ai pas compris ce qui se passait. C'est pour ça que j'ai été si ému en voyant tes photos. » Il se leva d'un bond et chaussa ses lunettes de soleil. « On va aller dans mon bureau. Si on reste ici, je vais pleurer. »

En chemin, il s'arrêta en haut d'un belvédère d'où on voyait toute la vallée et, sur l'autre versant, une montagne couverte de forêts. Derrière la ligne de crête, c'était le Liban. Jusqu'au milieu des années 1950, Kiryat Shmona n'était qu'un camp de transit. Les premiers habitants, originaires pour la plupart du Maroc ou de Tunisie, s'entassaient dans des baraques de tôle ondulée et des préfabriqués. En 1975, Itzhak y fut envoyé comme instituteur. Il venait de se marier. La ville était en plein essor. Assez vite, il avait arrêté l'enseignement et ouvert une agence immobilière.

Il nous guida dans des rues ombragées jusqu'à un bâtiment cubique d'un étage. Une enseigne verte chapeautait l'édifice. Le nom de « Bashiri », avec un *a*, s'y étalait en grosses lettres. Le choix de l'écrire en caractères latins, plutôt qu'en hébreu, traduisait sans doute une volonté d'attirer une clientèle internationale ou alors le regret d'un passé révolu. En entrant, Itzhak me présenta sa fille et ses deux fils qui travaillaient avec lui, puis il se dirigea vers un placard mural et en sortit une sacoche remplie de ferraille qu'il agita sous mon nez, comme un trophée. « Je possède toutes les clés de Kiryat Shmona ! » Il affirmait avoir réalisé le rêve de son père : « Moi aussi, j'ai créé un empire ! » Sur son élan, il m'offrit des dizaines de briquets, de stylos, de cartons sur lesquels il avait fait graver « Bashiri ». Il me tendit également une casquette frappée de son patronyme à la fois célébré et disputé, éteint et ressuscité. Je la mis sur ma tête. Il me fixa de ses petits yeux farceurs. « Comme ça, quand tu te baladeras dans Paris, tout le monde entendra parler de nous ! »

Il semblait animé d'un formidable orgueil, d'un appétit de vivre joyeux et pantagruélique. Il ne se rembrunissait qu'au souvenir de son frère aîné qu'il continuait d'appeler Zakine. « Dès que j'avais besoin de quelque chose, il m'aidait. Il a tout fait pour que je réussisse. Mais sa vie fut terrible. Il était très dur avec lui-même. » Je lui demandai pourquoi leur mère l'avait envoyé seul en Israël à un âge aussi précoce – je faillis dire : abandonné, banni de son île, confié à autrui, avec l'idée, peut-être, de le sortir de la misère et d'en faire un homme, un vrai, un pionnier, un nouveau lion de Juda. Il protesta : « Personne ne l'a forcé ! C'est lui qui l'a voulu. »

Une ombre passa sur son visage. « Je n'aime pas trop raconter ça. À Djerba, c'était le balagan, la foire, quoi ! Là où il y a de l'argent, il y a toujours du balagan. T'as compris ? » Il alternait le français et l'hébreu, en glissant parfois quelques mots d'arabe ou de yiddish. Assis en face de moi, Jérémy traduisait dans un murmure. « Notre oncle, Maklouf, était garagiste. À la mort de papa, il est devenu notre tuteur. Il a fait signer un papier à notre mère et a tout pris, l'or, les bus, le garage, les magasins, les clés, absolument tout. Il devait seulement nous donner à manger en échange. Même ça, il ne l'a pas fait. Quand on essayait de discuter avec lui, il se mettait en colère et nous fouettait avec un câble électrique. À l'époque, une femme n'avait droit à rien. Elle ne pouvait même pas sortir librement de chez elle. Maman a emménagé dans une maison du village qui avait appartenu autrefois à un cheikh. Notre père avait beaucoup de maisons. » Itzhak sourit : « Tu saisis maintenant pourquoi je n'ai pas cru à la proposition de Maurice ? » Il parlait maintenant tout doucement, comme s'il s'adressait à un enfant. Il devait se railler de ma candeur. Il poursuivit : « C'est une histoire triste, douloureuse. Je n'ai pas oublié, mais j'ai pardonné. Et regarde ! » D'un large geste de la main, il désigna, autour de lui, les tables, les piles de dossiers, ainsi que sa progéniture penchée sur des écrans d'ordinateurs. « Grâce à Dieu, il ne me manque rien. Zakine, lui, ne parvenait pas à passer à autre chose. Je lui disais : "C'est terminé. *Khalas !*" Et lui répétait : "Tu ne sais pas ce qu'on a subi." »

À quinze ans, son frère s'en alla comme on fait une fugue. Sous le coup de la colère ou par bravade, voire les deux, il prit la fuite. Il quitta non pas une famille ou des amis, mais un lieu qui ne lui offrait aucun avenir. Une terre associée par métonymie à la maison dont il avait été chassé, un symbole de trahison et d'injustice. Il décida de ne dépendre que de lui-même et de tenter sa chance ailleurs. Je suppose qu'il devait être là, lui aussi, le samedi soir, à la synagogue, parmi tous les hommes du village venus écouter cet émissaire décrire avec des accents bibliques le nouveau pays qui les attendait. Pourquoi rester ? L'école, pour lui, c'était fini depuis l'obtention de son certificat d'études. À Djerba, il n'y avait pas de lycée. « Là-bas », comme chacun disait prudemment, dans cet ailleurs fantasmé, il pourrait poursuivre sa scolarité et avoir une situation conforme aux espérances que son père fondait sur lui. Avant de partir, il avait fait une promesse à Itzhak : il ne les abandonnerait jamais. Il leur servirait d'éclaireur et, un jour, il les ferait tous venir.

Il fut sans doute ému d'embarquer sur un navire au drapeau frappé d'une étoile de David. Il ne devait pas connaître jusque-là beaucoup de marins juifs, à part ceux qui manœuvraient le bac entre Ajim et Jorf. Après quatre jours de traversée, il accosta au port de Haïfa. Il se fraya un chemin à travers une foule de gens enlacés, tout à la joie de se retrouver et de réaliser un rêve millénaire. Sur le quai, personne ne l'attendait, à part peut-être un fonctionnaire, un *haver*, un camarade, comme on l'appelait alors, qui le dirigea vers un groupe composé presque exclusivement de garçons, ayant tous en commun d'être, comme lui, originaires d'Afrique du Nord.

Contrairement à ce que croyaient Shirley et David et, peut-être, à ce qu'il escomptait lui-même, leurs accompagnateurs ne les dirigèrent pas vers un kibboutz. L'Alyat Ha-no'ar, l'association qui organisait l'accueil en Israël des mineurs isolés, avait décrété que les chants révolutionnaires entonnés le soir au son d'un accordéon, les assemblées générales enfumées, les débats houleux, les votes à main levée, les drapeaux rouges agités le 1er Mai, la mise en commun des moyens de production, l'égalité entre les sexes – du moins affichée, à défaut d'être effective –, et, plus généralement, une éducation laïque et socialiste ne convenaient pas à des jeunes en provenance de pays arabes. Quels que fussent leurs croyances ou leurs désirs, on estimait qu'il fallait les maintenir dans une stricte observance. Jacob fut confié à un pensionnat religieux.

Autrefois perdu en pleine campagne, le « village de jeunesse de Kfar Blatt » était lui aussi devenu un faubourg. Cerné d'un côté par des barres d'immeubles, de l'autre par les champs, il se situait à la lisière de Petah Tikva, une cité industrielle sans âge, d'un gris uniforme. Au loin, estompés par une légère brume, apparaissaient les premiers contreforts de la Cisjordanie. Une palissade en bambou entourait l'ancien orphelinat. À travers la grille du portail, on apercevait des pelouses plantées de sycomores, des logements en crépi et des bâtiments plus anciens au toit rouge, mais aucun élève. Le directeur vint nous ouvrir. Il semblait enchanté d'avoir des visiteurs, sans doute les premiers depuis des mois. Son assistante nous offrit des dattes pendant qu'il feuilletait ses registres. « Comment avez-vous dit déjà ? Chéri ? Chiri ? » Il lut chaque nom à haute voix comme s'il faisait l'appel sous un préau imaginaire. « Kaufman, Cohen, Bittan… » Il poussa un cri : « Zakine ! Zakine B'chiri ! » Il frappa la table du poignet. « Wah, wah, wah ! » Il lut la note manuscrite : « Il a été amené ici en 1963, dès son arrivée en Israël. »

À l'époque, chaque formation politique réclamait son lot d'immigrants. Le « village » appartenait au mouvement Hapoel Ha-Mizrahi, les Travailleurs de l'Est, l'ancêtre du Parti national religieux. Il comprenait des dortoirs, un lycée agricole, une yeshiva et une ferme de quatre-vingts hectares. Ses quatre cents élèves, âgés de douze à dix-sept ans, devaient porter la kippa, ainsi qu'un talith sous leur chemise, prier à la synagogue trois fois par jour et prononcer une bénédiction avant chaque repas. Ils étaient répartis dans des chambres de six. Le matin était consacré à l'étude, l'après-midi à la vie des champs. Il fallait passer la herse, sarcler les plants de pommes de terre, entretenir les machines, traire les vaches, écrémer le lait, nettoyer le poulailler et s'acquitter de quelques tâches ménagères. Les corvées ne manquaient pas.

Le directeur sortit de son dossier une photo de classe prise à l'ombre d'un arbre au tronc noueux. Une trentaine de garçons et de filles, tous en chemise d'un blanc immaculé, comme pour le Grand Pardon, entouraient une femme plus âgée qui devait être leur professeure. Debout, au milieu de la troisième rangée, je reconnus Jacob, le front haut, l'air sérieux, le visage de biais. Était-il heureux d'être là ? Dans un récit autobiographique, *The Immigrant*, le journaliste israélien Daniel Ben Simon décrit une expérience similaire. Son départ brutal de Casablanca, à peu près au même âge, est vécu comme un arrachement. Du jour au lendemain, il doit quitter son lycée, faire ses valises et dire adieu à ses parents – il ne les reverra que des années plus tard. Lui ne part pas de son propre chef. Personne ne lui a demandé son avis. Sa mère s'est contentée d'inscrire son nom en bas d'un formulaire. Pour son bien, pour le mettre à l'abri. À peine débarqué en Israël, on l'expédie, lui aussi, dans un internat religieux. Au début, tout le rebute. La discipline, la dureté des mœurs, la vie collective. Il ne parle pas l'hébreu, n'a jamais porté de calotte et encore moins manié une bêche. Il rêvait de devenir un écrivain. Le voilà apprenti fermier.

Jacob, aussi, souffre de l'éloignement, de l'exil, de la perte de tout ce à quoi il tenait. « Est-ce que ça ne te manque pas les fêtes de Pourim à Djerba ? C'était tellement simple et beau », écrit-il à son copain Yoshua. Dans son pensionnat, il n'a personne à qui se confier. Personne avec qui bavasser pendant des heures, les pieds dans le sable. Ceux qui l'encadrent ignorent tout du monde d'où il vient. Un mur d'incompréhension les sépare. Son directeur est un *yekke*, un juif allemand, rescapé de la Shoah. Un homme de silence, d'un tempérament austère, à la fois rigide et exigeant. « C'était une autre génération », soupira son lointain successeur.

Le jeune garçon se plaint surtout de ne pas voir ses proches. Il se construit autour d'un gouffre. La mort du père, l'absence de la mère, la séparation avec les frères et sœurs, la perte des amis. Il est seul. Les jours de fête, il cherche le réconfort auprès d'une tante paternelle établie dans le désert du Néguev, mais la plaie reste béante. Alors il écrit. Sans cesse. À tout le monde. Du moins, à ceux capables de le lire. Jacob est un épistolier infatigable. Il submerge son entourage de longues lettres dans lesquelles il ne dit pas grand-chose, mais où il s'enquiert de la Terre entière. « Comment va Yossef ? » « Et Pinhas ? » « Et Haddad ? » « Y a-t-il de bonnes nouvelles ? » Ses courriers témoignent d'un besoin impérieux de retisser des liens, de combler un vide avec des mots.

Quand sa mère décide enfin de le rejoindre, avec une partie des enfants, Jacob est déjà presque un adulte. Il prépare un baccalauréat agricole et s'apprête à effectuer son service militaire. Il a pris de l'assurance. Il est ambitieux. Après l'armée, il compte s'inscrire à l'université. Étrangement, les retrouvailles qu'il attendait depuis si longtemps tournent à l'aigre. Loin de féliciter les siens, il les engueule. Il ne supporte pas de les voir débouler comme ça, sans le sou, avec seulement leurs valises en carton. Quitter ainsi la Tunisie revient à tirer un trait sur l'héritage de Khamaïs. Il leur reproche de n'avoir jamais rien fait pour retrouver ce qui leur était dû. À leur place, il se serait battu jusqu'au bout.

Un autre accès de fureur, un déchaînement

meurtrier cette fois, va le happer, le dévorer jusqu'à la fin de ses jours. En septembre 1966, il débute son entraînement au sein des Golani, une brigade d'infanterie stationnée dans le nord du pays. Dans ses lettres à son copain Yoshua, il n'évoque guère sa vie d'appelé, sinon par des phrases lapidaires du style : « C'est très dur, très fatigant, mais on finit par s'y habituer. » Dès qu'il s'agit de lui, il se tait ou peut-être craint-il de déflorer je ne sais quel secret défense. Et puis un jour, il écrit : « Grâce à Dieu, je me sens mieux. L'essentiel, c'est de retrouver la paix. »

Entre les deux messages, une date : le 9 juin 1967. Jacob subit son baptême du feu au cinquième jour d'une guerre qui n'en comptera que six et entrera dans l'Histoire comme la plus écrasante et la plus rapide des victoires d'Israël. Le fait d'armes auquel il participe est aussi l'un des plus sanglants. Vers midi, son bataillon part à l'assaut du Golan, un plateau raviné, recouvert d'une roche noire, hérissé de cônes volcaniques, qui culmine à 2 000 mètres d'altitude. L'attaque, appuyée par des blindés, se déroule à la lisière nord de cette forteresse naturelle, là où l'escarpement est le plus fort, donc là où l'ennemi s'y attend le moins. Tout en haut, l'armée syrienne dispose de casemates reliées par des galeries, d'où elle bombarde régulièrement les kibboutzim situés en contrebas. Des champs de mines et des rangées de fil barbelé rendent plus inexpugnables encore ses positions. Les assaillants tombent sous les balles et les explosions de mortier. Leurs tanks sont détruits les uns après les autres. Les combats s'achèvent au corps à corps dans les buissons, les tranchées, à l'intérieur des bunkers. Lorsque le soleil se couche, les Golani sont vainqueurs, mais déplorent une trentaine de morts, les Syriens en dénombrent le double. Jacob ne s'en remettra jamais.

Après ça, il souffrit de différents maux auxquels à l'époque on ne prêtait pas véritablement attention ou plutôt que l'on avait tendance à dissocier, sans voir leurs caractéristiques et leur origine communes. À ce moment-là, sa famille vivait dans une petite bicoque à Ra'anana, près de la côte. « Quand il est revenu chez nous, il était tout noir et couvert de poussière. On ne pouvait pas le regarder. Il s'est éloigné et il a pleuré. On lui demandait : "Mais qu'est-ce qui s'est passé ?" Et lui ne répondait pas », me raconta Itzhak par la suite. « Il avait du mal à se concentrer. Il soupirait tout le temps, il haletait, il poussait des aah ! comme ça. On ne savait pas ce que c'était. » Il ne leur avait pas parlé de sa blessure à la lèvre. Il n'avait d'ailleurs rien dit à personne.

Un an après son retour à la vie civile, il partit en Europe. Son frère cadet le regrettait encore à ce jour : « S'il était resté ici, peut-être aurait-il été élu député à la Knesset ? » disait-il.

Au fond d'eux-mêmes, Itzhak et ses amis les plus proches restaient convaincus qu'il avait quitté son pays pour mieux le servir, appelé à une mission de la plus haute importance, gardée évidemment secrète, et sur laquelle ils ne pouvaient formuler que des hypothèses, parachevant ainsi sa légende.

L'enfant s'agite autour d'un chariot rempli de bagages. Les parents ont l'air épuisé. D'un coup d'œil, tu les as déjà rangés dans la bonne case. On commet rarement un attentat en famille. Ils te tendent leurs billets d'avion et leurs passeports bleu nuit d'un geste las. Tu t'adresses à eux en hébreu. Sans chercher à mieux les connaître, tu égraines tes questions d'une voix mécanique : « Ces valises sont-elles à vous ? » « Qui les a faites ? » « Depuis lors, sont-elles restées tout le temps avec vous ? » « Quelqu'un vous a-t-il confié un cadeau ? Un paquet ? » « Transportez-vous une arme, un objet contondant ou quelque chose qui y ressemble ? » La routine. Tu colles tes étiquettes sur leur barda et t'écartes pour les laisser passer. Leur marmot en a profité pour filer. La femme lui court après en criant à travers le terminal.

Quant à toi, tu te concentres sur le voyageur suivant. À cet instant précis où tu ne sais encore rien sur lui, tu fais appel à tes sens, tu mobilises un instinct presque animal. Tu sais que la peur a une odeur. Tu captes des molécules suspendues dans l'air, humes une montée d'adrénaline, un soupçon de phéromones. Tu observes sa démarche et enregistres le rythme de sa respiration. Tu t'attaches à ses yeux. Il suffit que l'homme fixe un point imaginaire, loin derrière toi, et ignore ce qui se passe autour de lui – la foule massée devant le comptoir, le couple qui s'embrasse ou le gamin en pleurs que la mère a fini par rattraper – pour te mettre en alerte. Cela signifie que son esprit s'applique à un seul objet, et là, tu veux à tout prix savoir lequel.

Des tempes grisonnantes, un costume sombre, une cravate, un attaché-case. L'homme doit avoir une quarantaine d'années. « Quel est le motif de votre voyage ? » « Les affaires ? » « Des gens vous attendent-ils ? » « Vous pouvez donner leur nom ? » Ses manières distinguées ne t'impressionnent pas. Avec sa politesse de façade, il ne cherche qu'à prendre l'ascendant sur toi. Tu demandes à consulter son agenda. Il manifeste son étonnement, il se cabre, invoque le secret professionnel, le respect de la vie privée et d'autres grands principes. Tu lui as fait perdre son flegme. S'il avait réagi autrement et ouvert son carnet sans protester, tu te serais méfié. Tu insistes, tout en restant parfaitement calme. Il finit par céder. Il a dit vrai. Tu déchiffres des adresses, des rendez-vous. Tu feuillettes maintenant son passeport. Les pages sont recouvertes de tampons rouges ou noirs. À chaque fois, des courts séjours, dans des pays neutres, sinon amis. Circulez.

Comment savoir si quelqu'un ment ? À sa façon de parler ? À ses mimiques ? À son attitude ? Tu examines son corps qui se résume ici à un visage. Tu scrutes sa bouche. L'absence de salive peut être due à la prise d'un médicament ou, tout simplement, à une déshydratation, mais aussi au stress. Dans le doute, tu appliques la procédure. Tu l'interroges. Longuement. Tu ne suis pas un canevas, un modèle préécrit. Tu improvises en fonction de ce qu'il te raconte. Tu te laisses porter par la dynamique de l'entretien. C'est en le questionnant sur des détails, des points en apparence sans importance, que tu parviens à discerner le vrai du faux. S'il a réellement fait ce qu'il dit, il doit pouvoir te répondre sans hésiter. A-t-il dormi chez lui ou à l'hôtel ? Était-il avec quelqu'un ? A-t-il emprunté un taxi pour venir à l'aéroport ? Dès lors qu'il cherche ses mots, qu'il profère des généralités ou reste dans le vague, tu ne réagis pas, mais tu apposes sur son document une pastille numérotée de un à trois selon le degré de suspicion qu'il t'inspire, comme on marque un condamné au fer rouge, puis tu le confies à ton supérieur.

Tu sais que, pour lui, les ennuis commencent.

C'est pourtant la partie de ton métier que tu préfères. Parler, écouter, interroger un autre soi-même. Mais est-ce un métier ? Tu le conçois comme une continuation de l'armée. Tu as beau ne plus porter d'uniforme, tu te compares à un soldat, à une sentinelle envoyée en première ligne d'une guerre devenue mondiale. Officiellement, tu travailles pour El-Al en qualité d'agent de contrôle. Il est raisonnable de penser que tu relèves plutôt de la sécurité intérieure.

Depuis le piratage du vol 426 pour Tel-Aviv, ce service secret connu sous l'acronyme de Shin Bet est autorisé à opérer hors d'Israël – jusque-là une prérogative du Mossad. Des jeunes gens recrutés le plus souvent à l'issue de leurs obligations militaires ont été dépêchés par centaines à l'étranger afin de protéger tous les lieux, tous les organismes qui pourraient être la cible d'une attaque : ambassades, banques, offices du tourisme, etc. En priorité, ils assurent la garde des lignes aériennes nationales. Ils sont présents aux comptoirs d'enregistrement ou dans les bureaux de la compagnie et même à bord de ses avions où ils se font passer pour de simples passagers.

Tu es l'un d'entre eux, n'est-ce pas ? Tu changes de pays et de ville au gré de tes affectations. Tu es ballotté d'un aéroport à l'autre. Avant de venir en Europe, tu as suivi un entraînement d'un mois dans un bâtiment discret de la banlieue de Tel-Aviv. Tu sais mener un entretien non directif, analyser le contenu d'une valise passée aux rayons X, mettre un nom sur une arme de poing et identifier un explosif. Tu connais la composition du semtex et des rudiments de psychologie sociale et comportementale. Tu as aussi le crâne farci de cas concrets. Durant le stage, des vétérans de la maison viennent régulièrement vous raconter leurs expériences. Dans tous ces récits d'attentats déjoués ou non, tu as bien évidemment retenu l'histoire de la fille transformée à son insu en bombe humaine. Elle a à peine dix-huit ans. Elle peut être anglaise, néerlandaise ou péruvienne – car ce mode opératoire s'est répété plusieurs fois – et elle a été séduite par un beau ténébreux à la nationalité indécise. À la demande de son amant, elle s'envole pour Israël avec un pain de plastic dissimulé dans les tréfonds de sa valise, mais cela, bien sûr, elle l'ignore.

Quelques mois plus tôt, une bombe planquée, cette fois, dans un lecteur de cassettes fut ainsi embarquée à bord d'un Boeing d'El-Al qui effectuait la liaison décidément bien périlleuse entre Rome et Tel-Aviv. L'explosion se produisit à 12 000 pieds d'altitude. Heureusement, la charge ne contenait que deux cents grammes d'explosif, une quantité insuffisante pour percer le fuselage. L'appareil fit demi-tour et procéda à un atterrissage d'urgence.

Dans ces conditions, l'arrivée d'une jeune

passagère voyageant seule déclenche en toi une série d'alarmes. Les visages sont des forêts de signes. Le sien est inexpressif. Comme tout le monde, tu vis sur des hypothèses. Tu appliques aux individus qui défilent devant toi des stéréotypes. La probabilité qu'un juif commette un acte de terreur contre ses semblables te paraît faible. C'est ainsi. Tu veux donc connaître non pas tant sa religion que ses origines. Tu pourrais simplement lui poser la question, mais tu n'en as pas le droit. Alors tu louvoies. Tu lui demandes si elle connaît quelques mots d'hébreu, si elle a de la famille en Israël, si elle a déjà visité le pays et, si oui, à quelle occasion, était-ce au moment des fêtes ? Pessah, peut-être ? Elle ne te fournit aucun indice. Pis, elle s'embrouille, elle se montre de plus en plus nerveuse. Avec le temps, tu as appris à distinguer les dissimulateurs des anxieux, des émotifs, de tous ceux qui, soumis à un interrogatoire un peu poussé, perdent leurs moyens. Cette fois, tu sèches.

Amis ou ennemis ? Nous ou eux ? Comme si le monde entier pouvait se réduire à cette question. Je me plais à croire que la logique binaire qui t'anime te pose parfois des problèmes moraux, mais j'en doute. Tu restes trop marqué par la peur et la violence des combats, par ton rejet de ta vie d'avant et de tout ce qui va avec. Que vas-tu faire ? Elle est là, devant toi. Elle attend, désemparée. C'est tout réfléchi. Tu optes pour la solution la plus simple. Au lieu de perdre ton temps et le sien, tu l'envoies directement à la fouille.

Ton activité s'apparente à un profilage criminel, mais qui interviendrait avant que les faits ne soient commis. Tu dresses des portraits-robots. Tu mets les individus dans des boîtes. Tel un physionomiste des temps anciens, tu devines leurs intentions à leurs gestes, leurs mouvements, et surtout à leur tronche.

Mieux que quiconque, tu sais que personne n'avance à visage découvert. Chacun montre un aspect différent de soi selon son interlocuteur ou en fonction du groupe dans lequel il évolue. Tu aimes explorer tous les travestissements dont un être est capable. Tu t'intéresses aux masques, à ces expressions figées qui n'incarnent pas des personnes en proie à des sentiments, mais les sentiments eux-mêmes. À force de scruter minutieusement toutes ces têtes, tu constates combien les humains se ressemblent. « Il n'existera jamais qu'un seul homme et il est tout entier en chacun de nous. » Cette phrase de Jean Genet, tu pourrais la reprendre à ton compte. Et, dans le même temps, tu vérifies jour après jour l'impossibilité à faire le tour d'autrui, à saisir ce qu'il est.

C'est à peine si on le reconnaît avec son collier de barbe, ses lunettes de soleil et sa blouse blanche de laborantin. Dans un atelier encombré d'échafaudages, de bassines et de sacs de plâtre, il présente ce qui semble être sa dernière œuvre. Il pointe le doigt sur deux grandes silhouettes décharnées qui s'entremêlent comme si elles exécutaient une sarabande. Jouant du vide et de la lumière, sa sculpture lamelliforme décrit au milieu de la salle des volutes transparentes. Cela fait un peu penser aux figurines étirées d'un Giacometti. La photo, retrouvée par son fils David, date de décembre 1972. Jacob est alors inscrit à l'École nationale des beaux-arts, à Paris.

Sur un autre cliché, remontant à peu près à la même période, il pose torse nu, le dos appuyé contre une table à tréteaux, les cheveux en bataille, l'air fiévreux, extatique, quasi fou. Sur la planche, derrière lui, sont alignés des statuettes et des bustes de différents styles. Dans les deux cas, il renvoie l'image de l'artiste pris dans l'ivresse et les tourments de la création. Il réalise ce qu'il a toujours voulu faire. L'art le passionne depuis qu'il est enfant. C'est comme un réflexe chez lui, presque une seconde nature. Dès qu'il s'assoit quelque part, il s'empare d'un crayon, d'un papier, et il dessine. Des arabesques, des motifs géométriques, des scènes de genre, des paysages. Sans aucun préalable, sans même y penser, comme on couvre une page de gribouillis, tout en bavardant au téléphone.

Il est en troisième année d'arts plastiques. Il poursuit quai Malaquais, sur les bords de Seine, un cursus entamé deux ans plus tôt à l'université de Luminy, à Marseille. En parallèle, il étudie l'architecture. Il est tentant, encore une fois, d'y voir les conséquences de sa jeunesse chaotique. Le vagabond brûle de bâtir. L'exilé ambitionne de jeter des ponts entre des rives lointaines. L'orphelin recherche des fondations. Une assise. Jacob veut du solide, du dur, mais aussi du rêve, du souffle, de l'émotion.

Tout laisse penser que son album photo s'inscrit dans cette démarche artistique. Si on se fie aux dates figurant sur les pages de garde, son projet commence à prendre forme à ce moment précis. Il naît dans le plâtre et la térébenthine. Il témoigne du bouillonnement culturel et esthétique de l'après-68. En la matière, je suis au regret de dire que l'élève des Beaux-Arts ne fait preuve d'aucune originalité – et sans doute est-ce la raison pour laquelle il gardera son trombinoscope pour lui et ne le montrera qu'à ses frères et sœurs, puis le remisera au fond d'un carton.

Avant lui, il y a eu André Breton et ses amis surréalistes, le maître du pop art Andy Warhol et sa Factory, ou Richard Avedon qui, dès la fin des années 1950, convie les stars de son époque dans le photomaton de son studio new-yorkais. Durant cette même année 1972, l'artiste italien Franco Vaccari installe à son tour une cabine à la Biennale de Venise et invite les visiteurs à laisser sur les murs une preuve en celluloïd de leur passage. Ils sont quarante mille à se prêter à l'expérience. Notre héros en fait-il partie ? Après, il y aura Cindy Sherman, Michel Folco et son double, le personnage de Nino dans *Le Fabuleux Destin d'Amélie Poulain.* Et bien d'autres encore.

Il ne consacre à tout cela qu'un mi-temps, car il doit, par ailleurs, gagner sa croûte. Il a toujours été dans la dèche. À qui pourrait-il demander de l'argent ? Sa famille n'a pas un rond. Il ne peut même pas se payer un loyer. Sans logis, il dort chez les uns et les autres, en profitant de la vieille solidarité insulaire. Comme les Corses, les Maltais ou les Mauriciens, les émigrés « du grand et du petit quartier » prennent soin des leurs. À Paris, et plus encore à Marseille, la diaspora djerbienne est solidement implantée. Jacob trouve toujours un ami d'ami ou un lointain cousin prêt à l'héberger.

Pour financer ses études, il a dégoté un job d'un genre particulier : entre deux cours, il assure la protection des intérêts israéliens sur le sol français. Dans la cité phocéenne, il surveille les bureaux du Keren Hayessod, l'organe financier du mouvement sioniste, situé à l'angle des rues Breteuil et Sylvabelle, ou le terminal de la Zim, au port de la Joliette. Des adresses que l'on retrouvera plus tard sur ses étiquettes orange. Il est également chargé de contrôler les passagers d'El-Al au départ de Marignane. Il y a fort à parier que son déménagement à Paris en septembre 1972 répond à une demande de ses employeurs. On a besoin de renfort à l'aérogare d'Orly.

Avec le temps, il acquiert de l'expérience et monte en grade. Il devient *shift manager* ou chef d'équipe. Il est celui que l'on appelle à la rescousse quand les choses se passent mal. Prenant le relais de ses subalternes, il pousse un peu plus loin l'interrogatoire du suspect et décide s'il faut ou non le soumettre à une fouille complète, voire le surveiller jusqu'à l'embarquement et lui flanquer, comme voisin de siège, un gardien armé durant tout le vol. C'est dans ce contexte très volatil de défiance, de doute et d'intense curiosité que Jacob va rencontrer sa future femme.

A-t-elle d'abord éveillé sa suspicion ? Jeune, jolie, libre, insouciante, peut-être. Elle correspond, après tout, au portrait de la fille à risque, susceptible d'être tombée sous le charme d'un dangereux terroriste. A-t-il ouvert ses bagages, puis examiné une à une ses affaires, même les plus intimes, en essayant d'imaginer sur la base de ces quelques indices la vie qui pouvait être la sienne ?

Hypothèse romanesque, mais fort improbable. Primo, elle ne voyage pas seule. Secundo, il connaît la personne qui l'accompagne. C'est l'une de ses élèves. Une certaine Colette. Parmi ses multiples activités, Jacob enseigne l'hébreu à l'Agence juive – on se demande comment il arrive à faire tout ça. « Incroyable, ce type-là, c'est mon prof ! » s'exclame la dénommée Colette que l'on imagine soulagée d'échapper à une inspection en règle. Elle le salue et lui présente son amie dont il épluche, peut-être, déjà le passeport. Une vingtaine d'années, la peau claire, des cheveux châtains, des yeux bleus, Rosine Fishman termine une formation d'esthéticienne et part rejoindre un petit copain en Israël. Celui-là, elle va vite l'oublier. Entre l'agent de sécurité et la jeune femme, l'attirance est immédiate. Un coup de foudre, au milieu des chariots, des valises, de la cohue, des cris d'énervement et, retransmis par d'invisibles haut-parleurs, des appels de plus en plus pressants à embarquer vers on ne sait quelle destination.

À son retour de vacances, Rosine le revoit, sans doute par l'entremise de sa copine. Pris dans une mécanique quasi cartésienne, ils finissent par emménager ensemble. Elle finit par tomber enceinte. Ils finissent par s'unir sous le dais nuptial. Le banquet se déroule un dimanche d'octobre dans un grand restaurant du bois de Boulogne. Au menu : bar flambé, foie gras frais et suprême de canard. Une fois de plus, Jacob doit se sentir un peu décalé parmi sa belle-famille et leurs amis. Il ne connaît presque personne. Il n'a pas invité sa mère, ni ses frères et sœurs. Il ne les a même pas prévenus qu'il se mariait.

Les Fishman appartiennent à un autre monde. Originaires de Pologne, ils possèdent une importante entreprise de fourrure avec une succursale à Paris et une autre à Londres. Le père vient de mourir. La mère a repris la tête de la société. Elle propose à son nouveau gendre de bosser dans sa boutique de la rue d'Hauteville, histoire de subvenir aux besoins du ménage. Il ne s'y plaît pas et part au bout de six mois. Dans la foulée, il suit un stage d'électronique et devient réparateur de matériel de bureau. Moins d'un an après, il donne sa démission. Cela ne lui convient pas non plus.

Et l'art dans tout cela ? Et sa passion pour la

sculpture et la photo ? Et sa carrière d'architecte qui s'ouvre devant lui ? En juin 1978, il a décroché son diplôme, deux mois après la naissance de sa fille. Son mémoire de fin d'études porte sur les bâtisseurs de synagogues. Mais il n'en fait rien. Son épouse ne comprend pas sa passivité. Elle le pousse à aller de l'avant. Elle lui trouve même un boulot. Un cabinet d'architecture cherche quelqu'un pour la rentrée. Lors de l'entretien d'embauche, il renâcle, il tergiverse. Désolé, je ne peux pas à ces dates. Plus tard, si vous voulez. Il a prévu de passer les fêtes de Rosh Hashana et de Kippour avec sa mère à Ra'anana. Pas question de repousser son voyage. Il ne construira jamais aucun temple.

Quand il retrouve les siens en Israël, il projette une tout autre image de lui-même. Il endosse le rôle d'un chef de famille. Il parvient à les rassembler tous en dépit de leurs divergences, il les couvre de cadeaux, il prend du temps avec chacun d'eux. Il les écoute, les encourage à parler, d'un hochement de tête, et leur prodigue ses conseils, sans chercher à imposer ses vues.

Son neveu Amos se souvient de ses visites avec émotion. Il est le fils de Leah, l'aînée de la fratrie. Lors de mon séjour en Israël, il m'avait reçu chez lui, à Rehovot, dans un bel appartement design en haut d'une tour. Il appelait son oncle indifféremment Jack ou Zakine : « Nous étions sept frères et sœurs. Jack nous interrogeait un par un. Il nous demandait comment se passait l'école, ce que l'on voulait faire plus tard. Il nous distribuait des livres et des peintures. Il nous racontait des histoires. »

Enfant, Amos habitait avec ses parents dans un HLM à Schuna Dalet, le quartier « D », l'un des plus malfamés de Beer-Sheva. À quatorze ans, il travaillait sur les chantiers. « Je donnais ma paie à ma mère. Nous étions très pauvres. En quittant Djerba, nous avions tout perdu. Nos biens, notre culture, notre langue. » Il prétendait que sans les encouragements de son oncle il n'aurait jamais poursuivi ses études et ne serait pas parvenu là où il en était. « Il m'a servi de modèle. Avec lui, il n'y avait aucune limite. On pouvait tout se permettre. » Diplômé du Massachusetts Institute of Technology, Amos dirige aujourd'hui le service des ventes d'un grand groupe de robotique.

Itzhak en est également convaincu. Sans lui, il aurait suivi une tout autre trajectoire. À vingt ans, il vivait également à Schuna Dalet. Dans ce haut lieu du crime et de la drogue, il avait ouvert une boîte de nuit. Jacob n'avait pas encore rejoint la France. Quand il apprit la nouvelle, il vint aussitôt chercher son frère. Il l'installa d'autorité à Jérusalem et lui dit : « Tu ne retournes plus à Beer-Sheva. On n'est pas ici pour rigoler ! » Il l'obligea à rompre avec ses mauvaises fréquentations et à s'inscrire à l'université.

Jacob, ce héros. Pour tout le monde, c'est le

fils prodigue, celui qui a réussi. Comment ne pas attribuer à un tel personnage quelques actes de bravoure ? Il n'en fait pas étalage ? C'est qu'il n'a pas le droit d'en parler, tout simplement. Sa réserve, ses mystères, ses silences reflètent son désir de passer inaperçu. Et puis, les gens les plus remarquables ne sont-ils pas aussi les plus modestes ? Ses échecs apparents, son incapacité à trouver sa voie ne peuvent s'expliquer que par l'existence d'une double vie. Il n'est ni artiste, ni architecte, ni professeur d'hébreu, ni fourreur, ni électronicien, ni même agent de sécurité. Ce ne sont là que des couvertures. Ce qu'il est ou plutôt ce qu'il était réellement, Itzhak pensait le savoir. Il n'en était pas sûr, mais comment peut-on l'être dans un univers où règnent les faux-semblants ? À la fin d'un de nos entretiens, chez lui, à Kiryat Shmona, il m'avait confié en baissant la voix : « Je pense que Zakine travaillait pour le Mossad. »

Pourquoi pas ? Il sort d'une unité de combat. Il parle couramment l'arabe, l'hébreu et le français. Il a vécu dans plusieurs pays. Il jouit d'une bonne forme physique. Il est à la fois sociable et solitaire, prudent et audacieux. Sur le papier, il réunit plusieurs des qualités que l'on attend d'un espion. Mais comment le vérifier ? Le Mossad n'a pas pour habitude de divulguer le nom de ses agents. Ses coordonnées téléphoniques ne figurent dans aucun bottin. Et puis à qui s'adresser ? Encore aujourd'hui, c'est la seule administration israélienne à ne pas avoir de porte-parole. Jusqu'à une période récente, on ne connaissait même pas l'identité de son chef.

À l'époque qui nous intéresse, la plupart de ses activités se déroulent en Europe. Pour recruter un informateur, obtenir les plans d'un missile ou assassiner un savant atomiste, il vaut mieux le faire à Paris qu'à Bagdad. C'est moins dangereux et tout aussi efficace. « L'Institut » mobilise des dizaines de personnes sur le territoire français. Pas seulement des officiers traitants ou des commandos armés, mais aussi des petites mains, des messagers, des hébergeurs, des agents dormants prêts, le moment venu, à fournir une aide logistique. Jacob est-il un occasionnel ? Un barbouze à mi-temps ?

À défaut de pouvoir interroger la maison mère, je me rabattis dans un premier temps sur des spécialistes. L'un d'eux, sans doute le meilleur connaisseur des services de renseignement de l'État hébreu, me demanda son nom et sa date de naissance. Je lui fournis son état civil au complet. Il me répondit tard dans la soirée : « *Unfortunately, I don't know him.* » J'ignore si, dans l'intervalle, il avait consulté l'une de ses sources, quelques listings en sa possession ou seulement sa vaste mémoire.

Je me tournai alors vers un ancien officier, non pas du Mossad – désolé, ça manque à mon agenda – mais de l'Aman, les renseignements militaires israéliens. Un cousin, en quelque sorte. Il fut formel : « Si ce monsieur a travaillé pour la sécurité d'El-Al, il n'y a aucune chance qu'il ait pu appartenir au Mossad. À la rigueur, il a pu être un membre du Shin Bet, mais je ne le pense pas. D'après ce que vous me dites, il agissait à découvert. C'était quelqu'un de clairement identifié. Le contraire d'un agent secret. » Et les propos de son frère Itzhak ? Il écarta les bras et haussa les sourcils : « Que voulez-vous ? Tout le monde aime les mythes. »

Amos non plus n'y croyait pas. Lui, un espion ? Impossible, assurait-il. Aurait-il souhaité le devenir ? Peut-être. Son oncle n'avait jamais fait ce qu'il voulait. Durant toute sa vie, il avait été dans un éternel « entre-deux ». C'étaient ses mots. Il avait aussi son idée sur l'album. Selon lui, Jacob était un collectionneur. Ses photos étaient destinées à un usage précis, un passeport, une carte d'étudiant ou d'identité. « À chaque fois, tu n'en utilises qu'une seule et tu gardes les trois autres. J'en ai des centaines comme ça », disait-il. Ses étiquettes ne témoignaient pas davantage d'une vie errante, mais d'une propension à tout garder, à tout consigner, même les choses les plus insignifiantes. « Dès qu'il rencontrait quelqu'un, il notait son adresse. »

Jacob aurait voulu retourner vivre en Israël, mais Rosine ne le souhaitait pas. Il choisit, à la place, de se consacrer à sa communauté. Il obtint un certificat d'hébreu de l'Institut national des langues et civilisations orientales, les Langues O', afin de pouvoir exercer la profession d'interprète. Régulièrement, l'ambassade israélienne faisait appel à ses services lors de visites officielles. En 1983, il entra au Fonds social juif unifié qui, comme son nom l'indique, apporte une aide dans tous les domaines aux juifs de France, puis il intégra le Consistoire qui, depuis Napoléon, organise le culte israélite.

À partir de ce moment-là, il décida de se rendre utile. Il se consacra aux autres. Avait-il enfin trouvé sa vocation ? Le monde associatif n'échappe pas aux lourdeurs, à la paperasserie, aux rivalités, à la jalousie. Quelle que soit la générosité de ses intentions, il devint malgré lui un rouage d'une grande machine. Un employé, un administratif, et, comme disait le rabbin Atlan, il n'était peut-être pas fait pour ça.

Tu n'es qu'un homme. Un anonyme aux noms multiples, à la vie immense et minuscule. Un héros ordinaire, d'une singularité absolue, qui a connu un sort partagé par des millions d'autres. Tu nous renvoies à notre condition humaine, à notre solitude, à notre vulnérabilité, à nos désirs inassouvis, à notre quête de reconnaissance, à notre folie de vivre. Tu es un enfant de Djerba, un immigrant de Petah Tikva, un soldat de Tsahal, un voyageur du monde, un étudiant marseillais, un Parisien d'adoption. Tout à la fois français, juif, israélien, tunisien, dans l'ordre et, peut-être, aussi dans le désordre.

Tu t'appelles Jacob ou encore Yaaqov. Comme prénom, tu portes un verbe conjugué au futur. En hébreu, cela signifie « Il suivra ». Dans la Genèse, Rébecca baptisa ainsi son fils préféré, qui se trouvait être également le plus chétif, le plus vulnérable, pour lui ménager un avenir. Alors qu'il semblait sinon condamné, en tout cas mal parti, comparé à son frère jumeau, Ésaü (une force de la nature, lui, qui en outre jouissait des faveurs de leur père, Isaac), Yaaqov allait avoir une suite. Certes, une vie mouvementée, ponctuée de hauts et de bas, mais dont il tenterait par tous les moyens d'infléchir le cours.

Le Yaaqov de la Bible ne connut jamais la paix. Son histoire n'est qu'une succession d'épreuves. Il n'en fut pas moins l'acteur de son destin. En recourant à la ruse, il ravit à son frère son héritage, usurpa son identité afin d'obtenir la bénédiction d'un Isaac devenu aveugle, et, pour échapper à la vengeance de l'un et à la colère de l'autre, dut s'exiler pendant près de deux décennies en Mésopotamie. À son retour, il craignait d'avoir à affronter Ésaü et son armée. Au lieu de cela, il lutta toute une nuit contre un ange qui était peut-être son double. Il sortit de son combat claudicant, avec une hanche déboîtée, mais son mystérieux adversaire pour le récompenser lui donna un nouveau nom : Israël, littéralement « Celui qui lutte avec Dieu ».

Comme lui, tu te débats dans des affaires de legs, de jalousies et de filiation, et toi aussi, tu es en constant devenir. Tu changes d'existence, de nom, de pays. Tu t'accumules. Tu t'amoncelles. C'est une manie chez toi. Tu collectionnes les identités comme d'autres rassemblent des timbres-poste ou des papiers d'oranges. Tu es plusieurs, à tel point que l'on peine à te suivre. Quel chemin choisir parmi toutes tes traces ? Les uns t'appellent Zakine ou Zakino, les autres Jacob, Yaaqov, Jacky ou Jacques… Et toi ? Comment te désignes-tu ? Es-tu même celui qui porte ton nom ?

Dans ta machine aussi, tu te prolonges. Tu te reproduis à l'infini. Avant que tu ne les découpes en petits rectangles, tes photos d'identité, imprimées les unes derrière les autres, sur un ruban en celluloïd, font penser à des échelles, avec leurs quatre paliers bien délimités. Comme celle, justement, de Yaaqov le patriarche. Son escabeau, dit-on, permet d'accéder au ciel. Tu ignores où te mène le tien. Tu le gravis à grandes enjambées, parfois tu le descends plus rapidement encore, car il t'arrive également de lutter contre toi-même, mais tu ne restes jamais statique.

Aux grandes occasions, quand tu lèves ton verre à la santé de tes convives, tu dois prononcer la formule rituelle : « Leh'ayim ! », ce qui veut dire non pas « À la vie », comme on traduit souvent, mais « Aux vies ! ».

En vieillissant, on fréquente de plus en plus souvent les cimetières. À plusieurs reprises, j'ai pu écouter le rabbin Delphine Horvilleur prononcer l'oraison funèbre pour des amis chers ou d'anciens collègues de travail. Elle a la lourde tâche de transformer en un récit les éléments disparates qu'elle a pu collecter sur le défunt. Lorsqu'elle prend la parole, elle ne manque jamais de rappeler que la vie, en hébreu, n'existe pas au singulier.

Dans cette langue qui fut la tienne, le mot se décline toujours au pluriel. Parce qu'on a forcément plusieurs vies, successives, voire simultanées, mais aussi, sans doute, parce qu'il est impossible d'appréhender la vie de qui que ce soit. Des autres, y compris de ceux dont on se sent le plus proche, on ne connaît au mieux qu'une ou deux facettes.

Sur toi, je suppose que tout reste à dire. Ton histoire semble pleine de lacunes. Elle met bout à bout des pans disparates, sans souci de cohérence, alternant opulence et extrême pauvreté, engagement et reniement, guerre et paix, ombre et lumière. Même, ce qui lui sert de point de départ, du moins ce qui a été pour moi l'élément déclencheur, n'est toujours pas éclairci. À l'époque de la République romaine, un album désignait un « tableau blanc » où l'on faisait figurer les noms de personnages illustres. Juges, sénateurs, consuls. En dépit de mes nombreux efforts, ton chef-d'œuvre demeure impénétrable. Une page vierge sur laquelle on peut inscrire n'importe quoi.

Tu l'as sans doute voulu ainsi, afin de maintenir, par-delà la mort, un dialogue avec les vivants. Tu nous parles à travers tes centaines de bustes qui ne parviennent pas à épuiser ce que tu es. En bas de ton livre, tu as signé de ton prénom qui veut dire : « À suivre ».

Un ami me raconta un jour sa rencontre avec la mort. Jeune, il se destinait à être jésuite. Il effectuait son noviciat dans un collège du Caire lorsque son père spirituel tomba malade. Il courut lui acheter des médicaments à la pharmacie. À son retour, il trouva porte close. Il crut qu'il dormait et attendit son réveil dans le couloir. Au bout de trois heures, il entra dans sa chambre et le découvrit allongé sur sa paillasse, sans vie. Par égard, par attachement pour son maître, il accepta de s'occuper de son « passage », disait-il.

Il n'avait aucune expérience en la matière. Avec d'autres, il étendit le défunt sur l'unique table de la cellule et entreprit de le laver à grande eau, sans jamais le déshabiller complètement, en évitant les parties intimes, puis il lui remit sa soutane et le déposa dans un cercueil. Il resta à ses côtés toute la nuit. Le lendemain, avec le relâchement des muscles, un liquide rouge sortait de son corps. Dans un but curatif, quelqu'un avait recommandé au prêtre de boire des litres de jus d'hibiscus auquel les Égyptiens attribuent d'innombrables bienfaits. Il fallut lui vider l'intestin, reboucher ses orifices, le nettoyer de nouveau. À plusieurs reprises, son élève lui demanda pardon. « Je n'étais pas à l'aise. Je transgressais quelque chose. Le cadavre, c'est l'abject par excellence », m'expliqua-t-il.

Celui qui vient de mourir est un être hybride, ni sujet, ni objet, ou plutôt personne dans le double sens donné à ce mot. Une entité à la fois absente et terriblement présente, lointaine et proche, qui se dérobe et ne cache rien. Un entre-deux qui révulse et fascine, renvoyant à un ailleurs inatteignable et à notre intimité la plus triviale. Au plus haut et au plus bas.

Le novice parvint à surmonter sa gêne. « À l'époque, j'étais croyant. Ça donnait un sens à ce vide, à ce silence. » Il participa à d'autres toilettes funéraires, mais ne prononça jamais ses vœux et finit par quitter la compagnie de Jésus. Depuis, il est devenu philosophe. La mort constitue l'un de ses principaux thèmes de recherche.

Jacob ou, plus précisément, Jacques en fit son métier. Au début des années 1990, il rejoignit un corps spécial, une caste, la *hevra qaddisha*, la société sainte. Lorsque je demandai pourquoi, ses enfants, sans se concerter, me firent l'un après l'autre la même réponse : « C'était une promotion ! » Le terme d'une carrière réussie.

Un aboutissement logique, pourrait-on dire. Au Consistoire de Paris, il suivait jusque-là les naissances et les mariages. Après avoir été préposé aux deux premières étapes de l'existence, le début et le milieu, il fut chargé de la fin. Il portait le titre de directeur, disposait d'un bureau spacieux, d'une assistante et d'une équipe aguerrie. Il devint une figure connue, respectée de sa communauté. Cet homme qui avait été fauché toute sa vie perçut, pour la première fois, un bon salaire à la mesure de ses très lourdes responsabilités.

Il remplissait une fonction particulièrement honorifique. Dans le judaïsme, cette activité fut longtemps réservée à une élite, à quelques notables triés sur le volet. La plus grande des mitzvot, l'un des principaux commandements de la Torah, ne pouvait être accomplie que par des personnalités éminentes et réputées. Petit à petit, le recrutement se démocratisa. De nos jours, pour servir dans la confrérie, il faut être quelqu'un de pieux, humble, réservé, et d'une humeur égale. Ses membres ne se contentent pas de réaliser une bonne action. Ils touchent à quelque chose qui est propre à l'homme, à un trait anthropologique essentiel. Nous sommes les seuls animaux à ensevelir nos dépouilles. L'humanité commence, dit-on, avec la première sépulture, la première poignée de terre jetée sur un être cher.

Jacob s'attelait à une tâche immémoriale qui

répugne à ses semblables. Son engagement dans la *hevra qaddisha* demeure un mystère pour ses amis et ses proches. La plupart d'entre eux découvrirent son nouveau métier des années plus tard et pas par lui. Comme de coutume, il n'en parla à personne. Son frère Itzhak s'en étonne encore maintenant : « Tous les jours, tu vois des morts. Je ne comprends pas pourquoi il a fait ça. »

Répondait-il à un appel, à un ordre lancé d'un en-haut auquel il ne pouvait résister ? Dans une vocation, il y a toujours une part d'inexplicable. Le sacré faisait partie de lui. Il venait d'un monde profondément dévot, rythmé par les prières et les fêtes. Dans son pensionnat en Israël, il avait reçu un enseignement religieux. Malgré ses exils successifs et la rupture avec la tradition de ses pères, il continuait de croire en Dieu. « À sa manière », selon l'un de ses vieux copains que j'avais pu joindre au téléphone au début de la pandémie. Il n'avait rien d'un rigoriste. Il ne portait pas la kippa, n'observait que très mollement le shabbat et n'aurait pas mangé kasher si sa fille, Shirley, ne l'avait réclamé au moment où elle faisait sa bat-mitzvah, sa communion. En revanche, il lisait beaucoup. Il s'intéressait à la kabbale, à la Guemara, à la philosophie juive. Un pratiquant à géométrie variable, mais érudit, curieux, ouvert à la discussion, frayant aussi bien avec des ultra-orthodoxes en caftan noir, murés dans leurs certitudes, que des libéraux favorables à l'ordination des femmes.

Ni le prestige, ni l'argent, ni même la foi ne suffisaient à expliquer son choix. Une affaire de tempérament, alors ? Un penchant mortifère ? Une tristesse profonde qui l'aurait porté vers le macabre ? Autour de lui, il laissait l'image inverse, celle d'un « homme jovial », à la « joie communicative », conforme aux photomatons de sa jeunesse. Il adorait le café-théâtre, par exemple. À l'écoute d'une bonne blague, il pouvait être pris d'un fou rire tonitruant au point de ravir la vedette à celui qui venait de la prononcer. Mais son enjouement dissimulait un esprit tourmenté. Derrière ses éclats de gaieté, planaient des ombres anciennes que son nouveau travail ne pouvait qu'exacerber. Reste une hypothèse, selon moi la plus probable : Jacob B'chiri était entré à la *hevra qaddisha* précisément dans ce but, afin d'affronter de vieilles connaissances. Avant d'achever son odyssée, il devait visiter le royaume d'Hadès et régler ses comptes avec ses fantômes. Il voulait apurer son passé.

Il espérait sans doute y trouver la paix. Sur ce point, il échoua. Il remplit sa mission consciencieusement, avec la plus grande minutie, jusqu'à l'épuisement. Il lui sacrifia tout ou presque. Son épouse, ses enfants, sa santé, sa vie, et ce qu'il gardait d'allégresse et de légèreté. Il fut submergé. Il intervenait sur l'ensemble de l'Île-de-France, parfois au-delà, et gérait une dizaine de décès par jour en moyenne, soit dix drames absolus, dix familles à consoler, à aider. Et autant de problèmes à résoudre. Remplir des tonnes de papiers, appeler la mairie pour faire ouvrir un cimetière le dimanche, trouver un emplacement vacant dans des « carrés » déjà pleins à craquer, obtenir l'aval d'un rabbin afin d'y admettre un suicidé, réunir deux êtres qui s'aimaient sous la même dalle de pierre, tout ça dans l'urgence, le chagrin et le respect des rites.

La mort n'arrête jamais. Jacob non plus. Ses multiples téléphones sonnent le glas à chaque heure du jour et de la nuit. On l'appelle même chez lui, sur sa ligne fixe. Shirley s'en veut encore d'avoir, par lassitude, raccroché à une personne en pleurs qui réclamait son père à 3 heures du matin. Lui répond, toujours. Il prend le temps d'écouter, de parler, de consoler, d'être simplement là, attentif et bienveillant. Ses enfants ne le voient plus. Il travaille même le week-end. Il disparaît sans prévenir, campe dans son bureau éclairé au néon, et revient à l'aube, épuisé, pour essuyer les remontrances de son épouse qui, folle d'inquiétude, a appelé tous les hôpitaux de Paris.

En théorie, il ne procède pas lui-même à la toilette funéraire. Il laisse ses collaborateurs s'en charger. Ses équipes sont composées de volontaires appelés *haverim*. Des

« compagnons », des « camarades » – le terme doit lui rappeler le kibboutz ou l'armée. Quand l'un d'eux s'absente pour une raison ou pour une autre, il faut bien le remplacer. Le temps presse. L'heure de l'inhumation approche. Et Jacob est un *haver* comme les autres. Le voilà en route. Suivons-le. À l'hôpital, comme d'habitude, personne ne sait où se trouve la chambre mortuaire. L'hôtesse de l'accueil cherche sur son plan et le dirige vers le sous-sol. Au fond d'un couloir, un local vétuste, exigu. Des agents en blouse s'affairent devant un mur garni de casiers frigorifiques. Bourdonnement d'un moteur électrique, cliquetis d'un chariot, accueil chaleureux et propos badins, peut-être une blague de salle de garde, car il faut garder le moral. Dans une petite pièce rectangulaire, sans fenêtre, il retrouve l'un de ses bénévoles déjà à l'œuvre et, au milieu, posée sur une surface en acier, une silhouette humaine enveloppée d'un drap blanc.

Sans se parler, les deux hommes exécutent une chorégraphie parfaitement synchronisée. L'eau versée au fur et à mesure, sur chaque portion du corps, depuis le sommet du crâne jusqu'aux orteils, le bâtonnet glissé sous les ongles, le savon passé dans les cheveux, sous les aisselles, dans le creux des cuisses, sur le bas du ventre. Tout en effectuant des gestes lents, presque tendres, l'un d'eux – est-ce lui ? – psalmodie des prières et, du bout des lèvres, s'excuse des offenses et des erreurs qu'il pourrait commettre.

Cette scène, je ne peux que l'imaginer, la recréer à partir d'entretiens avec, comme on dit, des gens de la partie. Je voulais voir, enfin, non, ce serait mentir, je me sentais plutôt tenu d'assister au cérémonial afin de comprendre et d'être le plus précis possible. « T'es fou ? Même pas en rêve ! » m'avertit une copine chercheuse spécialisée dans l'histoire du judaïsme. « Dans le contrat qui nous lie au mort, on ne peut pas donner de détails. Personne ne va vous raconter ce qui s'est passé pendant la toilette », me confirma Serge Benhaïm, le président de la *hevra qaddisha* de Paris, qui en revanche ne fut pas avare d'explications. Sur le rituel. Sur son importance. La purification, la *tahara*, en hébreu, n'élimine pas seulement les salissures, les écoulements, les reflux, mais aussi ce qui entache l'âme du défunt, avant que celui-ci ne paraisse devant ses juges.

Ce que Jacob ressentit la première fois, nul ne le sait. De l'effroi, sans doute. Un écœurement, une répugnance doublée d'une fascination, et la honte d'éprouver de pareils sentiments. Des cadavres, il en avait déjà vu. Comment y échapper lorsqu'on prend part à une guerre ? Des morts sur des civières ou enfoncés dans la terre, mêlés à la ferraille et à la poudre, bouffis, gonflés sous leur uniforme, mais jamais dans un tel dépouillement. Rien ne prépare au spectacle d'un corps inerte, nu, minéral, à la fois pesant et frêle, étendu sur une table métallique, à son écorce qui n'est déjà plus vraiment la sienne, une chair froide, livide, transparente, racornie, parcourue, ici et là, de taches violacées, à la terrible mécanique des fluides humains, et à l'odeur âcre, piquante, lourde elle aussi, dont on ne se défait jamais complètement. Des relents qui imprègnent vos narines, collent à votre peau, à vos cheveux, vos vêtements, et vous accompagnent jusque chez vous.

Il est possible, en revanche, de situer le moment où Jacob fut confronté le plus violemment à cette dimension charnelle de la mort, à ce corps-à-corps avec son après-soi.

Le 1er août 2003, un bulletin météo annonça l'arrivée par le sud d'une vague de chaleur. Une énième, après un mois de juillet déjà torride. Sur les images satellitaires, on aperçoit des foyers orageux autour des Alpes, quelques brumes du côté de l'Angleterre et du nord de l'Europe. Au-dessus de l'Hexagone, rien. Pas un nuage. Un tapis d'air sec et brûlant recouvre toute la France et ne bouge plus. À Paris, pendant neuf jours consécutifs, le mercure affiche des valeurs supérieures à 35 °C. La nuit, la température ne baisse presque plus. Impossible de récupérer, de reprendre des forces pour affronter la fournaise du lendemain. Les appels au 18 se multiplient. Souvent, ce sont les voisins qui alertent à cause de l'odeur pestilentielle. Les pompiers découvrent sur le paillasson une pile de paniers-repas intacts et, derrière la porte, un corps en décomposition. Très vite, les morgues affichent complet, les pompes funèbres ne parviennent plus à suivre la cadence, les cercueils sont en rupture de stock. La canicule va faire près de quinze mille morts. Pour l'essentiel, des vieilles personnes qui vivent seules.

Des décès invisibles, clandestins. Le pays traverse sa première grande crise sanitaire du siècle dans une indifférence quasi générale. Il y a la France des plages et celle des étuves. La première souffle, elle profite de congés bien mérités, la seconde souffre. Les ministres sont en vadrouille. Au sein de l'appareil d'État, ceux qui assurent la permanence préfèrent taire la vérité plutôt qu'affoler l'estivant.

Dès le début du mois d'août, Jacob B'chiri comprit ce qui se passait. Son service enregistrait trois fois plus de décès que d'habitude. Jusqu'à trente par jour. Il n'avait jamais vu ça. Il accorda alors une interview, peut-être la première et la seule de sa vie, à un journaliste de la vénérable *Jewish Telegraphic Agency*. Il y décrivait à mots couverts des scènes de cauchemar : « À l'hôpital, les corps sont empilés de telle façon que nous ne parvenons pas toujours à les atteindre. Ils restent là parfois pendant des jours avant d'être inhumés et il n'y a rien que nous puissions faire. » On perçoit dans ses propos un grand désarroi, ainsi que de la colère. « Les rabbins sont tous en congés et n'ont pas prévu de remplaçants. Hors de Paris, à Orléans ou à Tours, c'est encore pire. » Malgré son manque d'effectif, il affirmait être en mesure d'assurer la toilette. « Mais il n'y a personne pour prononcer le Shema Israel et allumer les bougies. Que peut-on faire quand le Consistoire lui-même est quasiment fermé tout l'été ? »

Pendant trois semaines, il enchaîna les nuits blanches et courut dans tous les sens. Parfois, il fallait aller chercher la dépouille à Rungis, dans un entrepôt frigorifique transformé en morgue géante, consulter les registres, errer à travers des rangées de lits de camp, inspecter des housses en plastique, et vérifier les noms sur les bracelets, en grelottant de froid, le regard rivé sur sa montre. Chaque minute compte. Laisser un cadavre non enseveli représente l'affront suprême, une offense envers Dieu et sa créature. « Tu l'enterreras le même jour », proclame l'injonction biblique. Entre le trépas et l'inhumation, l'âme, dit-on, est en grande souffrance. Quiconque fait passer au mort ne serait-ce que vingt-quatre heures à l'air libre transgresse l'un des plus grands interdits du judaïsme.

Jacob avait prévu, comme chaque année, de partir en vacances avec les siens. À la veille du départ, il annonça à son épouse qu'il ne pouvait pas déserter son poste dans un tel moment. Ils eurent une violente dispute. Rosine lui reprocha de faire passer une fois de plus son travail avant sa famille. Elle fit sa valise et l'abandonna à son cortège de trépassés. Est-ce à son retour qu'ils décidèrent de divorcer ? Le jugement fut prononcé quelques mois plus tard. Il lui laissa l'appartement de la rue Clauzel et emménagea sur le trottoir d'en face, dans une boutique désaffectée qui fut bientôt remplie jusqu'au plafond de ses objets hétéroclites. Son ex-épouse avait demandé qu'il parte avec son fourbi à l'origine de tant de griefs.

Il subit cette année-là un autre choc. La Torah prohibe toute forme de mutilation. Lorsqu'une autopsie est ordonnée, Jacob intervient auprès du parquet pour s'y opposer ou obtenir qu'elle soit la moins intrusive possible. Cela fait partie de son job. Si la loi l'exige – en cas de suspicion d'homicide ou d'homicide avéré –, il y assiste afin de s'assurer que chacun des organes et des tissus prélevés pour les besoins de l'enquête sera bien restitué. Il doit tout faire pour préserver l'intégrité physique du défunt. Pendant longtemps, les rabbins pensaient que les humains ressuscitaient dans l'état où ils avaient été enterrés. Régulièrement, il se rend à l'Institut médico-légal, le long du quai de la Rapée. Il enfile une blouse et observe le médecin légiste ouvrir au scalpel la cage thoracique, puis découper à la scie la calotte crânienne de ce qui était, parfois seulement quelques heures plus tôt, un être vivant, drôle, réfléchi, tendre ou violent.

Fin novembre 2003 – j'ignore la date précise –, le garçon étendu devant lui s'appelait Sébastien Selam. Ce talentueux DJ de vingt-trois ans, qui, sous l'alias de LamC, mixait aux Bains Douches et au Queen, venait d'être torturé et assassiné dans le sous-sol de sa cité, rue Louis-Blanc, à Paris. Une boucherie. À coups de coutelas et de fourchette. Un meurtre à caractère antisémite. Le premier d'une longue série, mais que la justice de l'époque refusa de reconnaître comme tel. Le tueur était un voisin et un ami d'enfance. « J'ai tué un juif. J'irai au paradis ! » avait-il crié à la mère de la victime, avant d'être arrêté. Le rapport d'expertise conclut à un acte de folie et le tribunal le déclara irresponsable.

Trois ans plus tard, Jacob était également présent, cette fois à l'hôpital d'Évry, lors de l'autopsie d'Ilan Halimi, découvert un peu plus tôt le long d'une voie ferrée du RER C. Une autre victime d'une haine absolue. Un autre corps supplicié, brûlé presque entièrement, couvert d'hématomes et d'entailles au cutter, visage écorché, gorge scarifiée jusqu'au sang. Des images insoutenables. Le directeur de la *hevra qaddisha* ne pouvait les partager avec personne. Elles se gravèrent dans sa tête, elles s'ajoutèrent à d'autres. Il allait déjà mal. L'affaire Halimi le plongea un peu plus dans ce qui ressemblait fort à une dépression. Tout se mélangeait. Sa vie privée et sa vie professionnelle s'effondrèrent en même temps. À peine séparé de sa femme, il perdit son travail.

Le Consistoire l'accusa subitement, des années après, de n'avoir pas respecté le rituel lors de la canicule. Dans le chaos de l'été 2003, un mort n'aurait pas été lavé comme il se devait. Il nia farouchement et dénonça un règlement de comptes, un prétexte pour le faire partir et prendre sa place. Il fut licencié pour faute grave. Il traîna aussitôt ses anciens employeurs devant les prud'hommes, non dans le but de toucher des dédommagements, mais afin de recouvrer son honneur. Lui ? Manquer à ses devoirs ? Transgresser un commandement biblique ? L'idée le rendait malade. « Tout ce que je demande, ce sont des excuses », répétait-il. Une dizaine de rabbins renommés acceptèrent de témoigner en sa faveur. Il gagna son procès.

Quel souvenir laissait-il dans son service ? Accomplissait-il correctement sa tâche ? Était-il seulement fait pour ça ? Je décidai d'interroger Serge Benhaïm, en sachant qu'il lui était difficile de démentir sa propre institution. Au moment de notre entretien, il présidait la *hevra qaddisha* depuis cinq ans. Il était considéré comme un spécialiste mondial de la toilette et de l'inhumation.

Sa réponse fut catégorique : « M. B'chiri remplissait toutes les conditions du *haver*. Il était disponible et respectueux. »

Jacob, qui jusque-là n'avait pas eu une minute à lui, se retrouvait soudain désœuvré. Ses journées se succédaient, identiques et monotones. Il avait beau avoir été réhabilité, il devait éprouver ce que ressentent beaucoup de chômeurs. Un sentiment de honte. Quelque chose qui rappelle le deuil. Il venait de perdre ce à quoi il tenait le plus. Son foyer, sa place au sein de sa communauté, sa valeur sociale. À cinquante-huit ans, il était désormais en retraite de tout. Des morts, comme des vivants.

Après sa rupture brutale avec son épouse, ses liens avec ses enfants s'altérèrent peu à peu. Lors du divorce, il attendait leur soutien et fut blessé par leur refus de prendre parti. Il cessa de les voir, hormis pour les grandes occasions. Sur l'une de ses dernières photos, il assiste le *mohel* à la circoncision de Saul, son petit-fils. Assis sur une chaise dorée, il tient le nouveau-né sur ses genoux en fermant les yeux. Ses traits sont crispés. Il porte une cravate. Des cheveux gris encadrent son large visage. Un châle de prière recouvre ses épaules un peu voûtées. Debout sur sa droite, David sourit.

Il n'assista pas, en revanche, à l'inhumation de sa mère, Miziana, dans le grand cimetière de Beer-Sheva. Il expliqua que son médecin lui interdisait de prendre l'avion car il souffrait d'une insuffisance cardiaque. Amos, son neveu préféré, commença à s'inquiéter. Régulièrement, il prenait de ses nouvelles au téléphone. À chaque fois, son oncle lui répétait qu'en dépit de ses soucis de santé tout se passait pour le mieux. Son boulot d'architecte. Le couple qu'il formait avec Rosine. Oui, vraiment, ça va bien, merci, Dieu soit loué. Aucun problème !

Il ne lui avait jamais rien dit.

Pas un mot sur ses ambitions contrariées, sur le ténébreux royaume où il officiait, sur son mariage foutu en l'air, son licenciement, sa solitude. Durant toutes ces années, il avait entretenu l'illusion d'un amour parfait, d'une réussite sans faille. La vie rêvée de Jacob.

Progressivement, il se coupa du monde. Il n'envoya plus de lettres, ne répondit plus au téléphone. Il disparut ou plutôt il s'enterra. Sous un amoncellement de livres, de journaux périmés, de bibelots, d'appareils hors d'usage, d'épaves, de tout ce qui lui tombait sous la main. Avec le chômage, son besoin d'accumuler n'importe quoi s'était accentué. Il ne jetait plus rien. Il soignait sa peur du vide par le trop-plein. Au milieu de la pièce, trônait un lit à baldaquin. Pour l'atteindre, il devait se faufiler entre des piles de papiers, des montagnes de vêtements, tout un bric-à-brac qui menaçait de s'effondrer.

À un moment donné, forcément, sa caverne d'Ali Baba devint inhabitable.

Chassé de chez lui, je suppose, par un ultime carton rempli de fripes, il reprit ses vieilles habitudes. Il campa ici et là. Un rabbin l'accueillit dans sa synagogue à Sartrouville. Une amie qui vivait une partie de l'année en Israël lui prêta son appartement. Elle habitait un immeuble en briques beiges, coincé entre un traiteur asiatique et une épicerie, rue de Patay, dans le treizième arrondissement de Paris. Avant de prendre son avion, elle téléphona à ses enfants. L'état de leur père la préoccupait. « Il n'est pas en forme », leur dit-elle. Shirley l'avait elle aussi trouvé très amaigri lors de leur dernière rencontre. Elle et David parvinrent à le joindre, mais il refusa de les voir.

Le vendredi 23 mai, l'amie de Jacob les rappela depuis sa villégiature en Israël. Cette fois, très inquiète. Ses voisins de la rue de Patay venaient de la contacter pour se plaindre du bruit. Sa télévision était restée allumée toute la nuit. Le matin, malgré la rumeur de la rue, on l'entendait encore distinctement cracher ses décibels. David essaya à nouveau d'avoir son père au téléphone et tomba sur son répondeur. Il alerta immédiatement la police. Une patrouille ne se rendit sur les lieux que tard dans la soirée. Un gardien de la paix ou un sapeur-pompier, j'imagine, appuya sur la sonnette, toqua de plus en plus fort, frappa du poing, haussa la voix, puis, selon toute vraisemblance, enfonça la porte avec un vérin pneumatique. En entrant dans l'appartement, son regard fut sans doute d'abord attiré par l'écran, par ses millions de points lumineux, son débit infatigable, un pouvoir ensorcelant, une puissance étrange, presque effrayante, dans ce logement fantomatique, comme si l'appareil était animé d'une vie propre. Lui-même ou l'un de ses collègues aperçut alors dans la pénombre le corps d'un homme étendu sur le plancher. Ils n'eurent pas besoin de prendre son pouls ou d'écouter sa respiration pour établir leur procès-verbal. La mort remontait déjà à un certain temps.

ÉPILOGUE

Sur les stèles et les dalles défilaient des noms en hébreu, en cyrillique, en caractères latins, en amharique, mais pas le sien. Jérémy remontait une rangée, moi l'autre. Nous étions perdus dans un labyrinthe de silence. Nous aurions dû arriver plus tôt. En cette fin de journée, il n'y avait déjà plus personne. Un simple muret marquait la fin du cimetière. Au-delà, s'étendait un désert nu et ocre, parsemé de buissons poussiéreux. Il ne nous restait plus qu'à rebrousser chemin. Un bruit de pioche s'élevait d'un terrain encore en jachère. Plus loin, un corps enveloppé d'un linceul descendait dans son trou de sable, sous les regards d'une maigre assistance.

Nous étions arrivés à Beer-Sheva le matin même afin de rencontrer l'un des meilleurs amis de Jacob et l'une de ses cousines. À chaque fois, nous avions eu droit à des récits différents, ce qui n'a rien de très étonnant, mais cela contrariait mon traducteur qui depuis son rejet du judaïsme ultra-orthodoxe ne supportait plus l'inexactitude. « Comment vas-tu faire pour écrire un livre avec toutes ces versions différentes ? » me demandait-il régulièrement, en ajoutant, comme pour lui-même : « La science, il n'y a que ça de vrai ! »

Impossible, évidemment, de perturber la cérémonie. Jérémy interrogea un retardataire qui ne fut d'aucun secours. Nous ne disposions que du numéro de la division qui comptait plusieurs centaines de tombes. Je repris mes recherches en commençant par la partie la plus éloignée du quadrilatère. Dans ce lieu ouvert sur l'infini, le moindre espace de terrain était disputé. On pouvait à peine glisser un pied entre deux sépultures. Je marchais en équilibre lorsque je reconnus les trois lettres hébraïques que j'avais déchiffrées de multiples fois. Jérémy me rejoignit. Il lut : « Miziana B'chiri. Une femme humble et juste. On se souviendra de toi pour toujours, maman. »

En chemin, nous étions allés voir l'immeuble où elle avait emménagé dans les années 1980, après avoir été chassée de sa maison de Ra'anana. Elle habitait un deux-pièces, dans une petite barre en crépi et aux fenêtres grillagées, rue du Talmud, au cœur du quartier Dalet. Des cris sortaient de la cage d'escalier. Des gosses jouaient au foot sur la chaussée. Elle était décédée en 2011, à l'âge de quatre-vingt-neuf ans. Le tombeau de son fils ne devait pas être loin.

Après avoir été séparé de sa mère durant presque toute sa vie, il avait demandé à être enterré à ses côtés dans ce coin de terre. Il avait fallu organiser le transfert de sa dépouille en Israël, réunir les papiers administratifs, obtenir un permis du consulat, négocier l'achat d'une concession et, avant cela, intervenir auprès de l'Institut médico-légal et des autorités françaises, afin d'accélérer la procédure, tout en prévenant la famille et les proches. Une course-poursuite effectuée dans la panique et les pleurs. Au cours de ces quelques jours de cauchemar, Shirley et David disaient avoir enfin compris ce qu'avait été le quotidien de leur père.

« Yaaqov Zakine B'chiri » reposait trois rangées plus loin. Dans un raccourci forcément saisissant, ce qu'il avait été et ce à quoi il avait aspiré étaient gravés dans le marbre : « Directeur de la *hevra qaddisha*, architecte et artiste ». L'épitaphe rendait hommage à son « grand cœur », à son « âme merveilleuse » et à son « immense sourire ».

L'enterrement avait eu lieu à la fin mai 2014, en début d'après-midi, sous un soleil éclatant et en présence du clan B'chiri quasiment au complet. Les amis d'enfance, Yoshua, Rafael, Yosef, Gérard, étaient là également. Au total, ils devaient être une trentaine, réunis en silence autour de la fosse. Certains étaient venus de France, d'autres des quatre coins d'Israël.

Nombre d'entre eux se rencontraient pour la première fois.

Avant la mise en terre, Amos avait eu un choc. En déplaçant son corps, le voile qui l'enveloppait s'était entrouvert. Des poils blancs recouvraient entièrement le visage de Jacob. « Il avait la barbe d'un rabbin ! » m'avait dit son neveu, stupéfait, lors de notre rencontre. Était-ce dû au temps qui s'était écoulé depuis le décès ? Même après la mort, les cheveux, dit-on, continuent de pousser, de vivre, comme par défi, à la manière d'un bouquet de fleurs qui s'ouvrent. La contraction de l'épiderme pousse les phanères à sortir. Ou peut-être, à la fin de toutes ses vies, Jacob était-il devenu un *haredi*, un craignant-Dieu ?

Après l'éloge funèbre, la lecture des psaumes et le kaddish récité par les proches, tout le monde se retrouva dans une grande salle attenante. À l'écart du défunt, les endeuillés purent enfin se prêter aux salutations émues, aux étreintes chaleureuses. Chacun se bouscula pour embrasser les enfants, en annonçant son nom, son lieu de résidence et son degré de parenté. Shirley et David reçurent, sans doute, ces témoignages d'empathie dans un état de confusion et de désarroi, sans même vraiment comprendre de qui ils émanaient. Ils serrèrent des mains, rendirent machinalement des baisers et exprimèrent leur gratitude dans un hébreu balbutiant.

Une vieille dame en djellaba, qu'ils n'avaient peut-être même pas remarquée jusque-là, s'approcha d'eux. « J'ai bien connu votre père quand il était enfant », leur dit-elle. Elle se présenta comme une lointaine parente. Elle avait émigré en Israël dans les années 1950. Jacob venait passer le week-end chez elle lorsqu'il réussissait à s'échapper de son pensionnat. Elle était pour lui plus qu'une amie, presque une seconde mère. Elle s'appelait Shirli.

La fille de Jacob resta sans voix. Elle comprit enfin pourquoi elle ne portait pas le prénom dont ses parents avaient convenu avant sa naissance. À l'origine, ce devait être Déborah. Sa mère en avait décidé ainsi et Jacob s'était plié à sa volonté. À son retour de la mairie, il lui avait annoncé qu'il avait finalement choisi Shirley. Rosine s'était mise en colère. Pour se justifier, il avait expliqué que « Shirli » en hébreu signifiait « Ma chanson ». C'était poétique. Il fut pardonné. La vraie raison, il ne l'avait pas donnée. Elle renvoyait encore une fois à son passé. À un chaînon manquant dont il n'avait eu de cesse de lui substituer des bouts de ficelle.

REMERCIEMENTS

Ma plus grande dette est envers Shirley et David. Sans leur aide, sans leurs encouragements, je n'aurais jamais pu écrire cette histoire qui est la leur. Je tiens à exprimer ma gratitude à tous les membres de leur famille et aux amis de leur père qui ont bien voulu répondre à mes questions. Merci à Itzhak et Raya, Amos, Yoshua, Gérard, Yosef, Yaacov et Marcelle.

Merci également à Virginie Delumeau de l'OPEJ, aux rabbins Aimé Atlan et Philippe Haddad, à Serge Benhaïm, Alex Metzker, Élie Korchia, Shimon Mercer-Wood et à Daniel Saada. À Sonia Fellous qui a très gentiment traduit les « cartes postales » de Jacob. À Sylvie-Anne Goldberg et Patricia Hidiroglu, sans lesquelles je n'aurais absolument rien compris aux rites funéraires du judaïsme. Merci, surtout, au Dr Simon Saghroun, ce guide irremplaçable auprès de la communauté juive de Djerba.

Ce livre doit beaucoup aux conseils avisés de Lucette Valensi et Abraham Udovitch, aux précieux contacts de Frédéric Bobin, Olivier Poivre d'Arvor,

Danièle Kriegel et de Charles Enderlin, aux talents de traducteur de Jérémy Cohen, et à mes longues discussions avec Annie Kabla, Nibras Chehayed, Daniel Ben Simon, Claude Sitbon et Peggy Cidor.

Je suis profondément reconnaissant à Anita Dolfus de m'avoir prêté sa maison de Houmt Souk et à Thierry Oberlé de m'avoir accueilli chez lui à Jérusalem. À chaque fois, ce qui devait être un court séjour s'est transformé, à cause de la pandémie, en une longue résidence d'écriture.

Je tiens enfin à remercier Manuel Carcassonne, Alice d'Andigné et Mélie Chen pour leur amitié, leur soutien et leurs lectures attentives.

DU MÊME AUTEUR

Aux Éditions Stock

LA CACHE, 2015 (Folio n° 6230). Prix Femina

LE GUETTEUR, 2018 (Folio n° 6736)

LES VIES DE JACOB, 2021 (Folio n° 7180)

Aux Éditions Grasset

MINERAIS DE SANG. Les esclaves du monde moderne (photographies de Patrick Robert), 2012 (Folio actuel n° 156)

CHIRAC D'ARABIE. Les mirages d'une politique française (avec Éric Aeschimann), 2006

LES SEPT VIES DE YASSER ARAFAT, (avec Jihan El-Tahri), 1997

Aux Éditions du Centre Pompidou

PERSONNES, 2019

COLLECTION FOLIO

Dernières parutions

6863. Zéno Bianu	*Petit éloge du bleu*
6864. Collectif	*Anthologie de la littérature grecque. De Troie à Byzance*
6865. Italo Calvino	*Monsieur Palomar*
6866. Auguste de Villiers de l'Isle-Adam	*Histoires insolites*
6867. Tahar Ben Jelloun	*L'insomniaque*
6868. Dominique Bona	*Mes vies secrètes*
6869. Arnaud Cathrine	*J'entends des regards que vous croyez muets*
6870. Élisabeth Filhol	*Doggerland*
6871. Lisa Halliday	*Asymétrie*
6872. Bruno Le Maire	*Paul. Une amitié*
6873. Nathalie Léger	*La robe blanche*
6874. Gilles Leroy	*Le diable emporte le fils rebelle*
6875. Jacques Ferrandez / Jean Giono	*Le chant du monde*
6876. Kazuo Ishiguro	*2 nouvelles musicales*
6877. Collectif	*Fioretti. Légendes de saint François d'Assise*
6878. Herta Müller	*La convocation*
6879. Giosuè Calaciura	*Borgo Vecchio*
6880. Marc Dugain	*Intérieur jour*
6881. Marc Dugain	*Transparence*
6882. Elena Ferrante	*Frantumaglia. L'écriture et ma vie*
6883. Lilia Hassaine	*L'œil du paon*
6884. Jon McGregor	*Réservoir 13*
6885. Caroline Lamarche	*Nous sommes à la lisière*
6886. Isabelle Sorente	*Le complexe de la sorcière*
6887. Karine Tuil	*Les choses humaines*

6888. Ovide — *Pénélope à Ulysse* et autres lettres d'amour de grandes héroïnes antiques
6889. Louis Pergaud — *La tragique aventure de Goupil* et autres contes animaliers
6890. Rainer Maria Rilke — *Notes sur la mélodie des choses* et autres textes
6891. George Orwell — *Mil neuf cent quatre-vingt-quatre*
6892. Jacques Casanova — *Histoire de ma vie*
6893. Santiago H. Amigorena — *Le ghetto intérieur*
6894. Dominique Barbéris — *Un dimanche à Ville-d'Avray*
6895. Alessandro Baricco — *The Game*
6896. Joffrine Donnadieu — *Une histoire de France*
6897. Marie Nimier — *Les confidences*
6898. Sylvain Ouillon — *Les jours*
6899. Ludmila Oulitskaïa — *Médée et ses enfants*
6900. Antoine Wauters — *Pense aux pierres sous tes pas*
6901. Franz-Olivier Giesbert — *Le schmock*
6902. Élisée Reclus — *La source* et autres histoires d'un ruisseau
6903. Simone Weil — *Étude pour une déclaration des obligations envers l'être humain* et autres textes
6904. Aurélien Bellanger — *Le continent de la douceur*
6905. Jean-Philippe Blondel — *La grande escapade*
6906. Astrid Éliard — *La dernière fois que j'ai vu Adèle*
6907. Lian Hearn — *Shikanoko, livres I et II*
6908. Lian Hearn — *Shikanoko, livres III et IV*
6909. Roy Jacobsen — *Mer blanche*
6910. Luc Lang — *La tentation*
6911. Jean-Baptiste Naudet — *La blessure*
6912. Erik Orsenna — *Briser en nous la mer gelée*
6913. Sylvain Prudhomme — *Par les routes*
6914. Vincent Raynaud — *Au tournant de la nuit*
6915. Kazuki Sakuraba — *La légende des filles rouges*
6916. Philippe Sollers — *Désir*

6917. Charles Baudelaire — *De l'essence du rire* et autres textes
6918. Marguerite Duras — *Madame Dodin*
6919. Madame de Genlis — *Mademoiselle de Clermont*
6920. Collectif — *La Commune des écrivains. Paris, 1871 : vivre et écrire l'insurrection*
6921. Jonathan Coe — *Le cœur de l'Angleterre*
6922. Yoann Barbereau — *Dans les geôles de Sibérie*
6923. Raphaël Confiant — *Grand café Martinique*
6924. Jérôme Garcin — *Le dernier hiver du Cid*
6925. Arnaud de La Grange — *Le huitième soir*
6926. Javier Marías — *Berta Isla*
6927. Fiona Mozley — *Elmet*
6928. Philip Pullman — *La Belle Sauvage. La trilogie de la Poussière, I*
6929. Jean-Christophe Rufin — *Les trois femmes du Consul. Les énigmes d'Aurel le Consul*
6930. Collectif — *Haikus de printemps et d'été*
6931. Épicure — *Lettre à Ménécée* et autres textes
6932. Marcel Proust — *Le Mystérieux Correspondant* et autres nouvelles retrouvées
6933. Nelly Alard — *La vie que tu t'étais imaginée*
6934. Sophie Chauveau — *La fabrique des pervers*
6935. Cecil Scott Forester — *L'heureux retour*
6936. Cecil Scott Forester — *Un vaisseau de ligne*
6937. Cecil Scott Forester — *Pavillon haut*
6938. Pam Jenoff — *La parade des enfants perdus*
6939. Maylis de Kerangal — *Ni fleurs ni couronnes* suivi de *Sous la cendre*
6940. Michèle Lesbre — *Rendez-vous à Parme*
6941. Akira Mizubayashi — *Âme brisée*
6942. Arto Paasilinna — *Adam & Eve*
6943. Leïla Slimani — *Le pays des autres*
6944. Zadie Smith — *Indices*
6945. Cesare Pavese — *La plage*
6946. Rabindranath Tagore — *À quatre voix*

6947. Jean de La Fontaine — *Les Amours de Psyché et de Cupidon* précédé d'*Adonis* et du *Songe de Vaux*
6948. Bartabas — *D'un cheval l'autre*
6949. Tonino Benacquista — *Toutes les histoires d'amour ont été racontées, sauf une*
6950. François Cavanna — *Crève, Ducon !*
6951. René Frégni — *Dernier arrêt avant l'automne*
6952. Violaine Huisman — *Rose désert*
6953. Alexandre Labruffe — *Chroniques d'une station-service*
6954. Franck Maubert — *Avec Bacon*
6955. Claire Messud — *Avant le bouleversement du monde*
6956. Olivier Rolin — *Extérieur monde*
6957. Karina Sainz Borgo — *La fille de l'Espagnole*
6958. Julie Wolkenstein — *Et toujours en été*
6959. James Fenimore Cooper — *Le Corsaire Rouge*
6960. Jean-Baptiste Andrea — *Cent millions d'années et un jour*
6961. Nino Haratischwili — *La huitième vie*
6962. Fabrice Humbert — *Le monde n'existe pas*
6963. Karl Ove Knausgaard — *Fin de combat. Mon combat - Livre VI*
6964. Rebecca Lighieri — *Il est des hommes qui se perdront toujours*
6965. Ian McEwan — *Une machine comme moi*
6966. Alexandre Postel — *Un automne de Flaubert*
6967. Anne Serre — *Au cœur d'un été tout en or*
6968. Sylvain Tesson — *La panthère des neiges*
6969. Maurice Leblanc — *Arsène Lupin, gentleman-cambrioleur*
6970. Nathacha Appanah — *Le ciel par-dessus le toit*
6971. Pierre Assouline — *Tu seras un homme, mon fils*
6972. Maylis Besserie — *Le tiers temps*
6973. Marie Darrieussecq — *La mer à l'envers*
6974. Marie Gauthier — *Court vêtue*
6975. Iegor Gran — *Les services compétents*
6976. Patrick Modiano — *Encre sympathique*

6977.	Christophe Ono-dit-Biot et Adel Abdessemed	*Nuit espagnole*
6978.	Regina Porter	*Ce que l'on sème*
6979.	Yasmina Reza	*Anne-Marie la beauté*
6980.	Anne Sinclair	*La rafle des notables*
6981.	Maurice Leblanc	*Arsène Lupin contre Herlock Sholmès*
6982.	George Orwell	*La Ferme des animaux*
6983.	Jean-Pierre Siméon	*Petit éloge de la poésie*
6984.	Amos Oz	*Ne dis pas la nuit*
6985.	Belinda Cannone	*Petit éloge de l'embrassement*
6986.	Christian Bobin	*Pierre,*
6987.	Claire Castillon	*Marche blanche*
6988.	Christelle Dabos	*La Passe-miroir, Livre IV. La tempête des échos*
6989.	Hans Fallada	*Le cauchemar*
6990.	Pauline Guéna	*18.3. Une année à la PJ*
6991.	Anna Hope	*Nos espérances*
6992.	Elizabeth Jane Howard	*Étés anglais. La saga des Cazalet I*
6993.	J.M.G. Le Clézio	*Alma*
6994.	Irène Némirovsky	*L'ennemie*
6995.	Marc Pautrel	*L'éternel printemps*
6996.	Lucie Rico	*Le chant du poulet sous vide*
6997.	Abdourahman A. Waberi	*Pourquoi tu danses quand tu marches ?*
6998.	Sei Shônagon	*Choses qui rendent heureux* et autres notes de chevet
6999.	Paul Valéry	*L'homme et la coquille* et autres textes
7000.	Tracy Chevalier	*La brodeuse de Winchester*
7001.	Collectif	*Contes du Chat noir*
7002.	Edmond et Jules de Goncourt	*Journal*
7003.	Collectif	*À nous la Terre !*
7004.	Dave Eggers	*Le moine de Moka*
7005.	Alain Finkielkraut	*À la première personne*
7007.	C. E. Morgan	*Tous les vivants*

7008. Jean d'Ormesson — *Un hosanna sans fin*
7009. Amos Oz — *Connaître une femme*
7010. Olivia Rosenthal — *Éloge des bâtards*
7011. Collectif — *Écrire Marseille.* 15 grands auteurs célèbrent la cité phocéenne
7012. Fédor Dostoïevski — *Les Nuits blanches*
7013. Marguerite Abouet et Clément Oubrerie — *Aya de Yopougon 5*
7014. Marguerite Abouet et Clément Oubrerie — *Aya de Yopougon 6*
7015. Élisa Shua Dusapin — *Vladivostok Circus*
7016. David Foenkinos — *La famille Martin*
7017. Pierre Jourde — *Pays perdu*
7018. Patrick Lapeyre — *Paula ou personne*
7019. Albane Linÿer — *J'ai des idées pour détruire ton ego*
7020. Marie Nimier — *Le Palais des Orties*
7021. Daniel Pennac — *La loi du rêveur*
7022. Philip Pullman — *La Communauté des esprits. La trilogie de la Poussière II*
7023. Robert Seethaler — *Le Champ*
7024. Jón Kalman Stefánsson — *Lumière d'été, puis vient la nuit*
7025. Gabrielle Filteau-Chiba — *Encabanée*
7026. George Orwell — *Pourquoi j'écris* et autres textes politiques
7027. Ivan Tourguéniev — *Le Journal d'un homme de trop*
7028. Henry Céard — *Une belle journée*
7029. Mohammed Aïssaoui — *Les funambules*
7030. Julian Barnes — *L'homme en rouge*
7031. Gaëlle Bélem — *Un monstre est là, derrière la porte*
7032. Olivier Chantraine — *De beaux restes*
7033. Elena Ferrante — *La vie mensongère des adultes*
7034. Marie-Hélène Lafon — *Histoire du fils*
7035. Marie-Hélène Lafon — *Mo*

7036. Carole Martinez — *Les roses fauves*
7037. Laurine Roux — *Le Sanctuaire*
7038. Dai Sijie — *Les caves du Potala*
7039. Adèle Van Reeth — *La vie ordinaire*
7040. Antoine Wauters — *Nos mères*
7041. Alain — *Connais-toi* et autres fragments
7042. Françoise de Graffigny — *Lettres d'une Péruvienne*
7043. Antoine de Saint-Exupéry — *Lettres à l'inconnue* suivi de *Choix de lettres dessinées*
7044. Pauline Baer de Perignon — *La collection disparue*
7045. Collectif — *Le Cantique des cantiques. L'Ecclésiaste*
7046. Jessie Burton — *Les secrets de ma mère*
7047. Stéphanie Coste — *Le passeur*
7048. Carole Fives — *Térébenthine*
7049. Luc-Michel Fouassier — *Les pantoufles*
7050. Franz-Olivier Giesbert — *Dernier été*
7051. Julia Kerninon — *Liv Maria*
7052. Bruno Le Maire — *L'ange et la bête. Mémoires provisoires*
7053. Philippe Sollers — *Légende*
7054. Mamen Sánchez — *La gitane aux yeux bleus*
7055. Jean-Marie Rouart — *La construction d'un coupable.* À paraître
7056. Laurence Sterne — *Voyage sentimental en France et en Italie*
7057. Nicolas de Condorcet — *Conseils à sa fille* et autres textes
7058. Jack Kerouac — *La grande traversée de l'Ouest en bus* et autres textes beat
7059. Albert Camus — *« Cher Monsieur Germain,... »* Lettres et extraits
7060. Philippe Sollers — *Agent secret*
7061. Jacky Durand — *Marguerite*
7062. Gianfranco Calligarich — *Le dernier été en ville*

7063. Iliana Holguín Teodorescu — *Aller avec la chance*
7064. Tommaso Melilli — *L'écume des pâtes*
7065. John Muir — *Un été dans la Sierra*
7066. Patrice Jean — *La poursuite de l'idéal*
7067. Laura Kasischke — *Un oiseau blanc dans le blizzard*
7068. Scholastique Mukasonga — *Kibogo est monté au ciel*
7069. Éric Reinhardt — *Comédies françaises*
7070. Jean Rolin — *Le pont de Bezons*
7071. Jean-Christophe Rufin — *Le flambeur de la Caspienne. Les énigmes d'Aurel le Consul*
7072. Agathe Saint-Maur — *De sel et de fumée*
7073. Leïla Slimani — *Le parfum des fleurs la nuit*
7074. Bénédicte Belpois — *Saint Jacques*
7075. Jean-Philippe Blondel — *Un si petit monde*
7076. Caterina Bonvicini — *Les femmes de*
7077. Olivier Bourdeaut — *Florida*
7078. Anna Burns — *Milkman*
7079. Fabrice Caro — *Broadway*
7080. Cecil Scott Forester — *Le seigneur de la mer. Capitaine Hornblower*
7081. Cecil Scott Forester — *Lord Hornblower. Capitaine Hornblower*
7082. Camille Laurens — *Fille*
7083. Étienne de Montety — *La grande épreuve*
7084. Thomas Snégaroff — *Putzi. Le pianiste d'Hitler*
7085. Gilbert Sinoué — *L'île du Couchant*
7086. Federico García Lorca — *Aube d'été* et autres impressions et paysages
7087. Franz Kafka — *Blumfeld, un célibataire plus très jeune* et autres textes
7088. Georges Navel — *En faisant les foins* et autres travaux
7089. Robert Louis Stevenson — *Voyage avec un âne dans les Cévennes*

7090. H. G. Wells — *L'Homme invisible*
7091. Simone de Beauvoir — *La longue marche*
7092. Tahar Ben Jelloun — *Le miel et l'amertume*
7093. Shane Haddad — *Toni tout court*
7094. Jean Hatzfeld — *Là où tout se tait*
7095. Nathalie Kuperman — *On était des poissons*
7096. Hervé Le Tellier — *L'anomalie*
7097. Pascal Quignard — *L'homme aux trois lettres*
7098. Marie Sizun — *La maison de Bretagne*
7099. Bruno de Stabenrath — *L'ami impossible. Une jeunesse avec Xavier Dupont de Ligonnès*
7100. Pajtim Statovci — *La traversée*
7101. Graham Swift — *Le grand jeu*
7102. Charles Dickens — *L'Ami commun*
7103. Pierric Bailly — *Le roman de Jim*
7104. François Bégaudeau — *Un enlèvement*
7105. Rachel Cusk — *Contour. Contour – Transit – Kudos*
7106. Éric Fottorino — *Marina A*
7107. Roy Jacobsen — *Les yeux du Rigel*
7108. Maria Pourchet — *Avancer*
7109. Sylvain Prudhomme — *Les orages*
7110. Ruta Sepetys — *Hôtel Castellana*
7111. Delphine de Vigan — *Les enfants sont rois*
7112. Ocean Vuong — *Un bref instant de splendeur*
7113. Huysmans — *À Rebours*
7114. Abigail Assor — *Aussi riche que le roi*
7115. Aurélien Bellanger — *Téléréalité*
7116. Emmanuel Carrère — *Yoga*
7117. Thierry Laget — *Proust, prix Goncourt. Une émeute littéraire*
7118. Marie NDiaye — *La vengeance m'appartient*
7119. Pierre Nora — *Jeunesse*
7120. Julie Otsuka — *Certaines n'avaient jamais vu la mer*
7121. Yasmina Reza — *Serge*

Tous les papiers utilisés pour les ouvrages
des collections Folio sont certifiés
et proviennent de forêts gérées durablement.

Composition Nord Compo
Impression Novoprint
à Barcelone, le 31 janvier 2023
Dépôt légal : janvier 2023

ISBN 978-2-07-295897-7 / Imprimé en Espagne

400093